U0068275

耳語與旁觀

張媛媛 著

鐘鳴的詩歌倫理

目次

導言

「你說的是什麼，米卡？」

「思想，思想，就是說這個！倫理學。你知道倫理學是什麼？」

——杜思妥也夫斯基：《卡拉馬佐夫兄弟》[1]

一

當背負弒父罪名的米卡在開庭前夕與前來探監的弟弟阿廖沙[2]單獨會晤時，他所關注的不再是審判的結果或洗冤的可能，而是頭腦中遺失的思想——「倫理學」（Ethics）。對此感到驚異的阿廖沙無法解釋清楚什麼是「倫理學」，關於「倫理」的話題在阿廖沙的支支吾吾和米卡的「瘋言瘋語」中戛然而止，而小說中沒有說出的部分，正是杜思妥也夫斯基（Фёдор Михайлович Достоевский）以隱匿的聲線[3]留下的隱喻。在不斷試探底線的文化弒父時代，無論

---

[1] [俄]杜思妥也夫斯基：《卡拉馬佐夫兄弟》，耿濟之譯（北京：人民文學出版社，1981年），第888頁。

[2] 米卡，即德米特里・費多羅維奇・卡拉馬佐夫（長子）；阿廖沙，即阿歷克賽・費多羅維奇・卡拉馬佐夫（幼子），二者均為小說《卡拉馬佐夫兄弟》中的人物。

[3] 這一點恰好體現了巴赫金的洞見：「在杜思妥也夫斯基的小說裡，一切都趨向於還未說出的不可預定的『新的話語』，一切都緊張地期待著這個話語，而作者並不用

伊底帕斯（Oedipus）還是俄瑞斯忒斯（Orestes）[4]或許都會產生這樣的疑惑：「倫理學是什麼？」對於這一問題，劉小楓的回答是：

> 所謂倫理其實是以某種價值觀念為經脈的生命感覺。反過來說，一種生命感覺就是一種倫理；有多少種生命感覺，就有多少種倫理。倫理學是關於生命感覺的知識，考究各種生命的感覺的真實意義。[5]

　　生命與感覺都是略顯空泛的詞語，但放在具體的語境中，卻也可知可感。比如，流寓海外的布羅斯基（Joseph Brodsky）在科德角（Cape Cod）深夜發出的感歎：「人俯視生命有如夜觀察燈火一盞。」[6]比如，身陷牢獄的德米特里反省生命和信仰產生的焦慮：「你是說惋惜上帝麼？化學，弟弟，化學！那是沒有辦法的，教士大人，請你稍微靠邊挪一挪，化學來了！」[7]米卡有些瘋癲的話語中提到了「化學」這一看似與「倫理學」格格不入的名詞，這種使他頭腦丟失、靈魂發燙的神祕力量，與中國近代譯介「倫理學」第一人[8]蔡元培的說法不謀而合：「物群而相感，有化學；人群而相

自己單方面的、單含義的嚴肅性去阻塞它的道路。」[俄]米哈伊爾·巴赫金：《杜思妥也夫斯基詩學問題》，劉虎譯（北京：中央編譯出版社，2010年），第184頁。

[4] 伊底帕斯，古希臘悲劇人物，未能擺脫弒父娶母的命運；俄瑞斯忒斯，古希臘神話人物，阿伽門農之子，殺死母親替父報仇。

[5] 劉小楓：《沉重的肉身──現代性倫理的敘事緯語》（上海：上海人民出版社，1999年），第3頁。

[6] [美]約瑟夫·布羅斯基：〈科德角搖籃曲〉，《從彼得堡到斯德哥爾摩》，王希蘇、常暉譯（桂林：灕江出版社，1990年），第319頁。

[7] [俄]杜思妥也夫斯基：《卡拉馬佐夫兄弟》，前揭，第890頁。

[8] 據楊玉榮博士考證，近代中國最早使用「倫理學」一詞的是康有為（1897年編輯《日本書目志》），但他對西方倫理學不甚瞭解，並未將「倫理學」與「Ethics」聯繫起來。曾被學術界認為譯介「倫理學」第一人的嚴復實則是在1903年「倫理學」一詞已經風行之後才順應潮流採用新譯。而蔡元培在1900至1901年間撰寫《學堂教科論》時

感，有倫理學。故倫理者，化學之象也。」[9]蔡元培以互言的修辭闡釋了他對於「倫理」這一概念的創見，這段論述的表層含義是以西方自然科學解釋倫理，內核實則浸潤著對萬事萬物取象比類的傳統「五行」觀念。「人群而相感」揭示著倫理學生成的動因——在社會學家看來，將倫理學稱之為「群理學」[10]也未嘗不可。

在中國，體系化的「倫理學」是相對晚近的學科，但「倫理」的歷史可以追溯至先秦時代[11]。華夏古代哲學中，「倫」與「理」是兩個極為重要的關鍵字。倫，從人從侖，凡屬從侖的字都有條理與秩序的意義，《說文解字》曰：「侖，思也，從亼，從冊。」[12]亼指條理之合，冊指條理之分。潘光旦先生在〈「倫」有二義〉一文中區別了「倫」的兩種含義：一是類別，二是關係，第二義是從第一義產生或引申出來。[13]「倫」字表示人與人之間關係的含義孳乳而生，比如《孟子》中的「教以人倫，父子有親，君臣有義，夫婦有別，長幼有序，朋友有信」[14]，這五種關係被後人稱之為「五倫」。「我國以儒家為倫理學之大宗」[15]，而儒家最考究的

借鑑日本學界對「Ethics」的翻譯，實為中國近代首先使用「倫理學」新術語者。參閱楊玉榮：《中國近代倫理學核心術語的生成研究——以梁啟超、王國維、劉師培和蔡元培為中心》（博士學位論文，武漢：武漢大學，2011年）。

9　蔡元培：《學堂教科論》，《蔡元培全集》第1卷，高平叔編（北京：中華書局，1984年），第143頁。

10　社會學家潘光旦認為：「在中國講社會學，最應該聯想到的兩個字就是『群』與『倫』。」潘光旦：〈說「倫」字——說「倫」之一〉，《潘光旦文集》第10卷，潘乃穆、潘乃和編（北京：北京大學出版社，2000年），第132頁。「群理學」概念亦出自此文。

11　蔡元培認為：「我國倫理學說，發軔於周季。」蔡元培：《中國倫理學史》（北京：商務印書館，2004年），第2頁。

12　段玉裁注曰：「聚集簡冊必依其次第，求其文理。」[東漢]許慎，[清]段玉裁：《說文解字注》（成都：成都古籍書店，1981年），第234-235頁。

13　潘光旦：〈「倫」有二義——說「倫」之二〉，《潘光旦文集》，前揭，第146頁。

14　[戰國]孟子：〈滕文公章句〉，《孟子》，楊伯峻、楊逢彬譯注（長沙：嶽麓書社，2019年），第108頁

15　蔡元培：《中國倫理學史》（北京：商務印書館，2004年），第1頁。

便是「人倫」[16]。費孝通對「倫」的解釋是：「從自己推出去的和自己發生社會關係的那一群人裡所發生的一輪輪波紋的差序。」[17]這一說法的靈感很有可能來源於表示水中層層微波的「淪」字。《釋名》曰：「水小波曰淪。淪，倫也。小文相次有倫理也。」[18]這種使人浮想聯翩的解字方式，是漢語獨具的魅力。「理」，治玉也，從玉，里聲，順玉之文而剖析之，本義為玉石內部的紋理，引申為雕琢玉石，後又引申出「治理」、「區分」、「條理」、「法則」等義，《荀子‧王制》「理道之遠近而致貢」中的「理」意為「區分」；《周易‧繫辭》「易簡而天下之理得矣」中的「理」意為「法則」。諸如此類，古籍中「理」字的用例不勝枚舉。「倫」「理」二字最早合用出現在《禮記‧樂記》中：「樂者，通倫理者也。」鄭玄注曰：「倫，猶類也。理，分也。」[19]這裡的「倫理」仍是條理之義。明代理學家文清公薛瑄的〈戒子書〉中表明了「倫理」的另一層含義：「人之所以異於禽獸者，倫理而已。何為倫？父子、君臣、夫婦、長幼、朋友，五者之倫序是也。何為理？即父子有親、君臣有義、夫婦有別、長幼有序、朋友有信，五者之天理是也。於倫理明而且盡，始得稱為人之名。」[20]此處的「倫理」可看作是對孟子「五倫」的闡發。實際上，在清末西學東漸之前，「倫理」雖已具有道德規範的內涵，但表示這個含義的用法並不常

---

[16] 人與人之間的關係中國一直稱之為「人倫」。「倫」字意思後世的注家說是「序」，即表示一種秩序。參閱余英時：〈從價值系統看中國文化的現代意義〉，《中國思想傳統的現代詮釋》（南京：江蘇人民出版社，1989年），第25頁。

[17] 費孝通：《鄉土中國》（北京：中華書局，2013年），第28-29頁。

[18] [漢]劉熙：《釋名》（北京：中華書局，2016年），第13-14頁。

[19] [漢]戴聖：〈樂記〉，《禮記》，錢玄等注譯（長沙：嶽麓書社，2001年），第496頁。

[20] [明]薛瑄：〈戒子書〉，《薛瑄全集》第1冊，孫玄常等點校（太原：三晉出版社，2013年），第435頁。

見，並且與今日「倫理」之內涵仍存在許多差異。

最早將漢字「倫理」與英文「Ethics」對譯的是日本學者河村重秀，他在1874年編寫的《倫理略說》中對「倫理」古義新釋，創造出與西方的「Ethics」概念含義相同的新名詞。從詞源來看，英語的「Ethics」源於希臘文的「ethos」一詞，本義是「風俗」、「習慣」[21]。西元前4世紀，亞里斯多德（Aristotle）創造了「ethics」一詞，據說在他生前撰寫過許多倫理學著作[22]，在其之後，倫理學明確地成為一門有系統原理的、獨立的學科。在亞里斯多德的「倫理學」體系中，最核心的概念是「善」。他認為：「每種技藝與研究，同樣地，人的每種實踐與選擇，都以某種善為目的。」[23]他將善的事物分為三類：外在的善、靈魂的善和身體的善[24]。古典倫理學研究何為善，既研究個人的善，也研究社會的善，「既關注社會的德行如自由，又關注個人的美德如堅韌、正義、自製和智慧」[25]。時至現代，西方倫理學的核心已隨著時代語境的變遷發生轉變。在齊格蒙・鮑曼（Zygmunt Bauman）看來，「現代是並且不得不是倫理的時代——否則就不成其為現代性

---

[21] 《古希臘語漢語詞典》，羅念生、水建馥編（北京：商務印書館，2004年），第236頁。

[22] 亞里斯多德流傳至今的倫理學著作僅有三部：《尼各馬可倫理學》（*Ethica Nicomachea*），《歐臺漢倫理學》（*Ethica Eudemia*）和《大倫理學》（*Magna Moralia*）。

[23] [古希臘]亞里斯多德：《尼各馬可倫理學》，廖申白譯注（北京：商務印書館，2003年），第3頁。

[24] 外在的善包括財富、高貴出身、友愛、好運等；靈魂的善包括節制、勇敢、公正、明智等；身體的善包括健康、強壯、健美、敏銳等。在《修辭學》、《政治學》等書中也談論到了三類善。參閱[古希臘]亞里斯多德：《尼各馬可倫理學》，廖申白譯注（北京：商務印書館，2003年），第21-22頁。

[25] 媒介學家菲力浦・派特森（Philip Patterson）同時指出，倫理這個概念來自希臘人，「倫理」（Ethics）的詞根意為「風俗」或「習慣」，強調倫理學的行為根源。[美]菲力浦・派特森、李・威爾金斯（Lee Wilkins）：《媒介倫理學：問題與案例》，李青藜譯（北京：中國人民大學出版社，2018年），第4-5頁。

了」[26]。無處不在的現代生活造就了一個碎片化的世界，多元文化的交歧與現代性的飛逝、偶然、不連續性時刻提醒人們面對新的倫理危機。《現代性的教訓》（The Morals of Modernity）一書中，查理斯·拉莫爾（Charles Larmore）認為：「16世紀以來的現代倫理學的歷史，無論是歐洲大陸的還是英語世界的，都是在努力設計一種適合於現代生活的正在出現的特徵的道德觀，捨此就無法被理解。」[27]而「現代倫理的最獨特要素是這樣的觀念：我們每個人都有某些『絕對的』道德職責，這種職責不管我們各不相同的利益而約束著我們」[28]。同時，他敏銳地指出了倫理學家亨利·西季維克（Henry Sidgwick）的一個為人所忽視的觀點：「善的優先對於希臘倫理學是至關重要的，反之現代倫理學則信奉正當的優先性。」[29]倫理本就包羅萬象，它不僅如鮑曼所說是一種觀念上的法律體系[30]，更是一種沒有神祇的宗教，一種崇高而自律的美學。

德國美學家沃爾夫岡·韋爾施（Wolfgang Welsch）的《重構美學》（Undoing Aesthetics）一書深入探討了相互糾纏的美學與倫理學[31]，並提出了「倫理／美學」這一觀念。美學與倫理學之間千絲

---

[26] [英]齊格蒙·鮑曼：《生活在碎片之中——論後現代道德》，郁建興、周俊、周瑩譯，何百華譯校（上海：學林出版社，2002年），第31頁。

[27] [美]查理斯·拉莫爾：《現代性的教訓》，劉擎、應奇譯（北京：東方出版社，2010年），第3頁。

[28] [美]查理斯·拉莫爾：《現代性的教訓》，前揭，第11頁。

[29] 善即good，正當即right，古代倫理更看重是否是善的或好的，而現代倫理看重是否是對的或者說正當的。[美]查理斯·拉莫爾：《現代性的教訓》，前揭，第19頁。

[30] 鮑曼認為：「在觀念上，倫理是一種法律體系，它對普遍正確的——在任何時候，所有人都認為是正確的——行為做出判定，還將正義和邪惡斷然分開。」[英]齊格蒙·鮑曼：《生活在碎片之中——論後現代道德》，前揭，第2頁。

[31] 「傳統上，審美被看成是危險的，倫理學必須過這種危險。因此在古代，審美被置於哲學－倫理學的標準框架之中，即使在西方基督教世界中，美學直到現在，還是受倫理學的支配。現代性於是構築了這兩個學科的對立，就是說，使互相隔離的兩個分支勢均力敵起來。自律，這個現代美學的口號，最初意味著美學將從倫理學的束縛中解放出來。與之相應，自康德以來，現代倫理學並沒有沒有觀點的位

萬縷的聯繫古已有之[32]，文學（尤其詩歌）則是可供二者珠聯璧合抑或一較高下的媒介。高爾基（Максим Горький）認為，美學是未來的倫理學[33]。另一位俄裔作家布羅斯基則認定「美學是倫理學之母」[34]。兩種說法並不矛盾，一種在審美意識形態中眺望未來，一種在人類原始本能中追溯源頭，同時二者皆隱含著文藝或語言對美和善的思考。布羅斯基重申：「從人類學的角度說，一個人首先是個美學生物，其次才是倫理生物。由此可以引出結論，藝術，特別是文學，不是我們這一物種發展中生成的副產品，事實恰恰相反。如果說，我們區別於動物界其他成員的標誌是語言，那麼，文學——尤其是作為最高語言形式的詩歌——便是，我冒昧地說，我們這一物種的目標。」[35]清人沈德潛的《說詩晬語》曰：「詩之為道，可以理性情，善倫物，感鬼神，設教邦國，應對諸侯，用如此其重也。」[36]這段話表明了古代中國學者對詩之重任的理解，除卻為政治服務，還要善於處理人之常情，物之常理。句中提到「理」與「倫」雖與今日「倫理」之含義大相逕庭，卻道出了當時人們所崇尚的詩歌倫理——「理性情、善倫物」是思想道德層面的期待，

置。然而，在倫理學與美學之間，倫理學重於審美的傳統樣態和兩者持平的現代樣態，在最近的幾年裡，已為對兩者之間相互糾纏的新關注所打亂。」[德]沃爾夫岡・韋爾施：《重構美學》，陸揚、張岩冰譯（上海：上海世紀出版集團，2006年），第66頁。

[32] 蔡元培在《中國倫理學史》的開篇論及「我國之倫理學」時談到：「評定詩古文辭，恆以載道述德眷懷君父為優點，是美學亦範圍於倫理也」。此即古代詩學／美學重視倫理之一例。蔡元培：《中國倫理學史》，前揭，第2頁。

[33] 轉引自喬山：《文藝倫理學初探》（北京：高等教育出版社，1997年），第311頁。

[34] [美]約瑟夫・布羅斯基：〈文學憎惡重複，詩人依賴語言〉，《從彼得堡到斯德哥爾摩》，王希蘇、常暉譯（桂林：灕江出版社，1990年），第551頁。

[35] [美]約瑟夫・布羅斯基：〈文學憎惡重複，詩人依賴語言〉，《從彼得堡到斯德哥爾摩》，前揭，第552頁。

[36] 沈德潛：《說詩晬語》，霍松林校注，《原詩・一瓢詩話・說詩晬語》，郭紹虞主編（北京：人民文學出版社，1979年），第186頁。

「動天地，感鬼神」則是情感美學層面的要求。對於新詩而言，關於詩歌倫理的問題更顯複雜。詩人西渡認為：

> 就新詩的當代歷史而言，從朦朧詩開始，詩歌與意識形態的曖昧的婚姻關係已經結束了，詩歌不再是意識形態的同謀，或者它的對立面，成為意識形態的反叛者，而是自覺選擇作為臧棣所說的「歷史的異端」。這樣一種詩歌，將想方設法創造自己的讀者，而不大可能為了大眾化的利益放棄自身在美學和倫理學上的追求。就詩歌的這一新目標而言，它在美學上愈激進，愈徹底，愈達到極致，它在倫理學上就愈成功。也就是說，美學的抱負應該成為詩歌唯一的道德。[37]

西渡基於創作實踐和對同時代詩人的觀察所得出的結論是準確的，儘管將美學作為「詩歌唯一的道德」略顯偏頗，但毋庸置疑，當詩歌不再作為政治宣傳的附庸，美學將是詩歌倫理最終的歸宿之一。所謂「詩歌倫理」，即一種通過詩歌自身而投射出來的倫理意識，涵蓋著對歷史的反思、對現實的凝望，乃至對「未來的倫理學」（美學）的追求。文化弒父時代之後，詩人是反思「何為倫理」的先行者，但這並不意味著詩歌倫理是詩人們以詩歌語言所重複的倫理命題。詩歌的文本空間不斷面向時代的倫理困境展開，在詞語的交疊與詩藝的轉換中，詩歌呈現出詩人求索探尋著的倫理經驗：善與惡、因與果、公與私、男與女、軟與硬、理性與感性、利己與利他、專制與民主、意識形態與烏托邦……

---

[37]　西渡：〈林庚新詩格律理論批評〉，《靈魂的未來》（開封：河南大學出版社，2009年），第46頁。

二

　　新詩歷史只有百餘年，至今仍處於摸索階段，因而從創造性、實驗性勃發的詩人們所留下的紛亂線頭中整理出一條清晰可辨的脈絡並不容易。因此，作為一種當代文學史的敘述方法，將詩人以流派、代際甚或地域加以劃分，自然是行之有效的。然而這種方法註定將湮沒某些複雜性與獨特性，甚至固化了對一些詩人的看法與印象。鑑於上述原因，詩人鐘鳴在現有文學史敘述中的定位或許並不準確[38]。迄今為止，鐘鳴的詩歌創作生涯已逾四十載，但由於鐘鳴的詩歌結構繁複、意蘊深奧且聲部眾多，令許多研究者望而卻步，關於鐘鳴的詩歌研究寥寥無幾。敬文東的〈我們和我的變奏——鐘鳴論〉[39]一文以人稱代詞為切入點，分析了鐘鳴的代表作《中國雜技：硬椅子》，而他的〈詩歌寫作在1990年代的倫理任務〉[40]一文則從鐘鳴的詩歌中，發掘出1990年代詩歌寫作應承擔的道德倫理重任；曹夢琰的〈恍惚與界限之間的身體——鐘鳴論〉[41]關注鐘鳴對語言與身體的關係所進行的思考，〈身體之辨——四川五君

---

[38] 〈歷史的倫理與詩的開端——簡論鐘鳴〉一文認為：「在當代文學史的線性脈絡中，鐘鳴被認為是『第三代』詩人，雖然鐘鳴與許多朦朧詩人年紀相仿，甚至年長一些，但他的寫作卻同銳意變革、蓬勃爆發的前一代（即朦朧派詩人）相比稍微滯後了一些，這個短暫的間隔也使他相對冷卻了一些，有更豐富的維度去思考現代漢詩的新出路和『詩的語詞表達的可能性』；從詩歌地理的角度來看，久居川渝的鐘鳴被稱為『巴蜀五君子』之一，但這個『冠名』並不意味著四川五君具有某種一致的『主義』，恰恰相反，他們更看重的是個人寫作（亦可以理解為『個性』）。」張媛媛：〈歷史的倫理與詩的開端〉，上海：《上海文化》2019年第3期。

[39] 敬文東：〈我們和我的變奏〉，長春：《文藝爭鳴》2016年第8期。

[40] 敬文東：〈詩歌寫作在1990年代的倫理任務〉，長春：《文藝爭鳴》2013年第12期。

[41] 曹夢琰：〈恍惚與界限之間的身體——鐘鳴論〉，桂林：《廣西師範學院學報（哲學社會科學版）》2016年第3期。

論〉[42]則單闢一章談論鐘鳴詩歌的變形與縱深；李振聲的〈既成言路的中斷──「第三代」詩的語言策略，兼論鐘鳴〉[43]以鐘鳴為例探究第三代詩人共同擁有的實驗意欲特徵；葉吉娜的〈鐘鳴作為南方詩人的反叛、實驗與發明──基於經驗、語言與形式三者互動的角度〉[44]一文從經驗、語言與形式三個層面進行探討，關注到鐘鳴所具有的鮮明的「南方精神」。美國學者文棣（Wendy Larson）的〈當代中國詩歌的唯美與色情情調〉[45]與德國學者蘇珊‧格塞（Susanne Göβe）的〈記憶詩學──鐘鳴的〈中國雜技：硬椅子〉〉[46]是對鐘鳴組詩〈中國雜技：硬椅子〉的細讀文章。前者從政治對身體的壓抑角度來闡釋，後者則從更廣闊的文化背景，從詩歌對傳統的記憶、顛覆和重新命名的角度來解讀。此外，還有一些與詩歌相關的著作中對鐘鳴有所提及，比如敬文東《指引與注視》中的「椅子與樹」一節、《藝術與垃圾》中〈論知音〉一章、《感歎詩學》中〈詩與頹廢〉一章，都對鐘鳴的詩歌進行了精彩地闡釋。柏樺《左邊：毛澤東時代的抒情詩人》中的〈我為什麼如此優秀！〉一章講述了和鐘鳴的相識往事，並指出了鐘鳴創作與南方詩歌傳統的關聯；一行《詞的倫理》中的〈曖昧時代的動物晚餐──論歐陽江河〉[47]一文中，談論了在運用動物形象方面鐘鳴與歐陽江

---

[42] 曹夢琰：〈身體之辨──四川五君論〉，成都：《當代文壇》2017年第3期。

[43] 李振聲：〈既成言路的中斷──「第三代」詩的語言策略，兼論鐘鳴〉，長春：《文藝爭鳴》1996年第1期。

[44] 葉吉娜：〈鐘鳴作為南方詩人的反叛、實驗與發明──基於經驗、語言與形式三者互動的角度〉，綿陽：《綿陽師範學院學報》2017年第3期。

[45] [美]文棣（Wendy Larson）：〈當代中國詩歌的唯美與色情情調〉，張棗譯，《中國雜技：硬椅子》（北京：作家出版社，2003年）。

[46] [德]蘇珊‧格塞（Susanne Göβe）：〈記憶詩學──鐘鳴的〈中國雜技硬椅子〉〉，王虎譯，《中國雜技：硬椅子》（北京：作家出版社，2003年）。

[47] 一行：〈曖昧時代的動物晚餐──論歐陽江河〉，《詞的倫理》（上海：上海書店出版社，2007年）。

河的差別。

　　鐘鳴的詩歌以繁複的意象、縱深的語言呈現出深厚的歷史文化與倫理道德，他詩歌中獨創的發明與蘊久的滄桑感，使他難以簡單地被「第三代詩人」的某種特性或共性所概括。但作為第三代詩歌崛起之時在文壇嶄露頭角並且與「第三代詩人」交往密切的重要詩人，有關鐘鳴的多數研究仍被置於第三代詩人的討論之下。王學東在《「第三代詩」論稿》一書中寫道：「鐘鳴作為一個學者型的詩人，在他的詩歌中，日常的體驗、生活的體驗、生命的體驗，與他自身所具有的廣博的學問和學識交織、滲透，擴大了詩歌的表現力，如《中國雜技：硬椅子》裡，各種學識學問如『心理學』、『社會學』等的知識在詩歌裡的糾纏。」[48]鐘鳴以知識為基座的詩學特色在「第三代」詩人中是極為特殊的，如李振聲所說：「『四川五君子』之一的鐘鳴，也許是『第三代』詩人中堅持在語言內部寫作、偏愛文本式書寫路子的少數幾個人之一。」[49]1993年，詩人伉儷萬夏、瀟瀟主編的《後朦朧詩全集》中收錄了鐘鳴的長詩〈樹巢〉。張清華對這首詩進行了深入解讀，他認為「這首詩和楊煉江河等人的一些巨製相比較，雖然都試圖切入一些民族的原型主題，但鐘鳴已經充分地越出了歷史流程中客觀歷史載體的時空框定，而達到了相當自由的境地，並且由於這種自由而更加獲得了歷史的穿透力。」[50]

　　目前學界關於「詩歌倫理」的研究往往與「底層寫作」、「政

---

[48]　王學東：《「第三代詩」論稿》（成都：巴蜀書社，2010年），第180頁。
[49]　李振聲：《季節輪換：「第三代」詩敘論》（上海：復旦大學出版社，2008年），第172頁。
[50]　張清華：〈論「第三代詩歌」的新歷史主義意識〉，《第三代詩歌研究資料》，張濤編（南昌：百花洲文藝出版社，2017年），第97頁。

治倫理」等關鍵字緊密聯繫。2005年，《文藝爭鳴》雜誌刊登了一組關於「詩歌倫理」的文章，包括張清華的〈「底層生存寫作」與我們時代的詩歌倫理〉、柳冬嫵的〈在生存中寫作：「打工詩歌」的精神際遇〉、劉建軍的〈當代語境下倫理批評內涵的重新闡釋〉[51]。同一年，錢文亮在《新詩評論》上發表〈倫理與詩歌倫理〉[52]一文，以「詩歌倫理」來申明藝術的合法性與正當性。這些文章的出現引發了人們對於「詩歌倫理」這一話題的關注，尤其是錢文亮的文章，「一石激起千層浪」，引來許多爭議。2007年《中國詩歌研究動態》收錄了兩篇對錢文亮的觀點進行商榷的文章：龍揚志的〈什麼是詩歌倫理〉對錢文亮的觀點發出了質疑，認為錢文亮提出的「詩歌自身的倫理法則」不過是一個虛假的預設，懼怕文學回應現實的潛在危險恰恰造成了倫理的失語。他認為：「文學倫理就是相應地去關注文學的倫理承擔，呼喚文學的德性訴求。」[53]霍俊明的〈詩歌倫理與深入當代〉則對錢文亮和龍揚志的觀點都進行了商榷。從詩歌倫理的角度來看，無論承認或批判「底層寫作」現象，都涉及詩人「如何有效地尊重詩歌自身美學」並深入當代。「詩歌倫理」要求詩人和詩歌承擔責任使詩歌發揮應有的社會學和美學的效應[54]。同年，《南都學刊》刊登一組關於詩歌與道德倫理研究的筆談。其中，吳思敬與張立群的〈詩歌的「想像」與「真實」──從現象出發論「詩歌倫理」的問題〉[55]梳理了「詩歌

---

[51] 張清華：〈「底層生存寫作」與我們時代的詩歌倫理〉，長春：《文藝爭鳴》2005年第3期。柳冬嫵：〈在生存中寫作：「打工詩歌」的精神際遇〉，《文藝爭鳴》2005年第6期。劉建軍：〈當代語境下倫理批評內涵的重新闡釋〉，《文藝爭鳴》2005年第6期。
[52] 錢文亮：〈倫理與詩歌倫理〉，北京：《新詩評論》2005年第2期。
[53] 龍揚志：〈什麼是詩歌倫理〉，北京：《中國詩歌研究動態》2007年。
[54] 霍俊明：〈詩歌倫理與深入當代〉，北京：《中國詩歌研究動態》2007年。
[55] 張立群：〈「鏡像」與「真實」──世紀初「詩歌道德倫理」現象的反思〉，寧

倫理」這一話題的發生語境，認為「詩歌倫理」是一種通過詩歌藝術自身而投射出來的倫理意識，並非以詩歌語言重複倫理命題，而是在通過自我發現達到倫理層面的過程中完成詩人與詩歌的心靈淨化。劉金冬的〈詩歌的倫理責任與時代承擔問題〉[56]認為，「詩歌倫理」便是「用心寫出經得起時間磨損的詩歌」，即便不被詩人所生活的時代理解，也會被以後所有的時代紀念。承擔時代的詩歌才能實現自身的倫理使命。張桃洲的〈詩歌與倫理：批判性觀察〉[57]提出詩歌書寫底層不是解決中國詩歌困境的良方。真正的詩歌永遠在其語言空間內有力地保護了人性的豐富性和複雜性。此後，關於「詩歌倫理」的討論漸漸深入。張清華的〈持續狂歡・倫理震盪・中產趣味──對新世紀詩歌狀況的一個簡略考察〉[58]一文犀利地圍繞著詩歌事件、大眾傳媒、「底層寫作」、「中產趣味」等關鍵字對新世紀詩歌的倫理狀況進行了一番考察，從直面生存、抨擊「時代」的詩歌中發現詩人的責任和詩歌的倫理。美國學者漢克・雷澤爾（Hank Lazer）〈創新詩歌的倫理批評與挑戰〉（Ethical Criticism and the Challenges Posed by Innovative Poetry）[59]一文從倫理出發，對美國創新型詩歌閱讀的倫理維度重新定位為由讀者和批評者參與的第一手體驗，從而展現了文學倫理學批評的閱讀過程，並指出了這種閱讀所帶來的理解的局限。劉永的〈當代詩歌寫作的倫理困境與

波：《寧波廣播電視大學學報》2008年第2期。

[56] 劉金冬：〈詩歌的倫理責任與時代承擔問題〉，南陽：《南都學刊（人文社會科學學報）》2007年第1期。

[57] 張桃洲：〈詩歌與倫理：批判性觀察〉，南陽：《南都學刊》（人文社會科學學報）2007年第1期。

[58] 張清華：〈持續狂歡・倫理震盪・中產趣味──對新世紀詩歌狀況的一個簡略考察〉，長春：《文藝爭鳴》2007年第6期。

[59] ［美］漢克・雷澤爾（Hank Lazer）：〈創新詩歌的倫理批評與挑戰〉（Ethical Criticism and the Challenges Posed by Innovative Poetry），武漢：《外國文學研究》2016年第2期。

超越〉[60]認為當代詩歌寫作倫理失範造成了詩壇眾聲喧嘩的混亂局面，作者從消費主義習性、日常生活賦魅和語言本體狂化三個方面分析當代詩歌的倫理困境，最終將「雅化世俗精神」確立為當下詩歌寫作的新倫理。華中師範大學的批評家魏天無對「詩歌倫理」尤為關注。他的〈新世紀詩歌倫理狀況考察〉一文對「詩歌倫理」進行了定義：「倘若我們認定詩與人的生存有關，就要承認，詩是一種倫理，一種道德話語。這裡可以簡單地把倫理看作道德，或者某種價值判斷，其間包含道德判斷：詩表達著詩人的生存觀，承載著並透射出倫理，同時接受社會與公眾的道德拷問。」[61]循著這一思路，魏天無進行了一系列個案研究[62]，從宗教、鄉村、生存困境與現實生活等不同側面對「詩歌倫理」進行細微論述。

　　綜上所述，鐘鳴詩歌研究仍留有極大空白有待填補。已有的研究或集中於鐘鳴的代表作《中國雜技：硬椅子》而未對鐘鳴詩歌進行整體討論，或仍將鐘鳴置於「四川五君」的框架中泯滅了詩人的特性，少數研究關注鐘鳴的語言、意象、倫理以及與傳統的關聯，但尚不充足。對鐘鳴的詩歌研究既缺乏一種相對完整全面地把控，又在細節的處理和探究方面存在不足。關於「詩歌倫理」的研究駁雜繁多，意見紛呈，結合個案的具體分析仍需增補。

---

[60]　劉永：〈當代詩歌寫作的倫理困境與超越〉，大連：《遼寧師範大學學報（社會科學版）》2012年第5期。

[61]　魏天無：〈新世紀詩歌倫理狀況考察〉，《詩的證詞》，《詩刊》社編（北京：中國青年出版社，2016年）。

[62]　這些研究具體包括：魏天無：〈魯西西：信仰的輝映與世俗詩意的超越──新世紀詩歌倫理狀況考察之三〉，成都：《當代文壇》2016年第5期；魏天無：〈新世紀詩歌中的鄉村倫理與詩學倫理──以劍男的詩歌寫作為例〉，瀋陽：《當代作家評論》2018年第4期；魏天無：〈我們時代詩歌的倫理狀況──評毛子的〈我愛……〉〉，武漢：《文學教育》2016年第3期；魏天無：〈張二棍：在生活的深淵中寫作──新世紀詩歌倫理狀況考察之六〉，南京：《揚子江評論》2017年第6期。

三

　　鐘鳴是較早在詩歌與批評中使用「倫理」一詞的詩人。1987年，在詩作《中國雜技：硬椅子》開篇第一小節，鐘鳴寫道：

> 當椅子的海拔和寒冷揭穿我們的軟弱，
> 我們升空歷險，在座椅下，靠慎微
> 移出點距離。椅子在重疊時所增加的
> 那些接觸點，是否就是供人觀賞的，
> 引領我們穿過倫理學的蝴蝶的切點？
> （鐘鳴：〈中國雜技：硬椅子〉）

　　「倫理學」是這首詩隱含的主題，在逐字逐句地耐心解剖下，許多批評家已然剝離出此詩的倫理內核。敬文東教授的柳葉刀批郤導窾，將盤根錯節、變幻多端的人稱代詞條分縷析，一一抽離，剖釋此詩固有的平衡力[63]。在他看來，與某種急迫的倫理學緊密關聯

---

[63] 對於第一小節出現的三個人稱代詞「我們」，敬文東先生的精彩解讀如下：「第一個出現的『我們』正是震懾於這種風險（即『椅子的海拔和寒冷』），才迅疾暴露了自身的『軟弱』；第二個登場的『我們』，卻必須像攜帶隱疾和暗瘡一般，全程攜帶『軟弱』，冒險攀登，因為觀眾在呼喊，在等著『我們』帶去刺激，而『我們』得以存活必須仰賴的天職之一，就是證明平衡力和切點具有刺激作用，能激發生活的敏感部位與隱蔽部位，並因此而讓『我們』養家糊口、傳宗接代，製造新的、更年輕的『我們』；第三個向上攀爬的『我們』，則是前兩個『我們』在動作上自然而然的延續：為取悅於人，為討生活，『我們』必須穿過倫理學的切點，穿過蝴蝶模樣的切點，亦即穿過既是倫理學又有蝴蝶容貌的切點，卻不會因此打擾躲在切點的小凹塘裡獨自呼吸的平衡力……三個『我們』在開篇的前五行內首尾相接，一氣呵成，既有可以直觀的動感，夾雜著正確的哮喘，像流水線上的勞作；又令人心跳加速，昭示著不言而喻的緊迫性。」敬文東：《藝術與垃圾》（北京：作家出版社，2016年），第181頁。

著的「切點」正在參差錯落的詞語矩陣中透露心照不宣的祕密。蝴蝶輕盈的美學蘊積著深厚的力量，它在偶然間輕輕扇動的翅膀，經由玄奧的拓樸學連鎖效應足以引發未來某處一場殺傷力極強的颶風。諸如此類由於歷史原因在現實中形成的反常化的東西在鐘鳴看來，正是「硬」的反面「軟」，對此，他做出如下闡釋：「正因為這『軟著陸』，便有了我們中國所特有的一種超穩定性的結構——在詩中或許就是倫理學的切點，蝴蝶是對它所具有的某種觀賞性的一種特別修飾。」[64]德國學者蘇珊・格塞也將「倫理」視作此詩第一節的關鍵字語，她認為在這首詩中，「『雜技』表演直接同倫理聯繫到了一起，而這種倫理被認為與儒學有關，而且，也附屬於當代的意識形態即普遍的原則，根據這些規則，所有的權力制度得以建立」[65]。蘇珊・格塞也是鐘鳴詩歌的德語譯者，德國語言固有的精確和嚴謹使她在跨語際轉化中生成邏輯縝密、視點敏銳的理解。〈記憶詩學〉一文中關於「權力」的定義是十分準確的，但作為一位外國學者，蘇珊・格塞始終與中國的文化語境存在隔閡。比如，將詩中的「倫理學」簡單地解剖為儒教倫理（無論屬於過去還是當下），顯然有悖於鐘鳴的初衷。在鐘鳴的筆下，倫理是一個森羅萬象的詞彙，他所摹畫的「倫理」與儒家的倫理相關，但又不僅僅只是儒家倫理或任何一種宗教倫理。鐘鳴的詩歌倫理「關注日常事物潛伏的巨大寓意」[66]，並不急於某一種確切的價值判斷，而是「更耐心地在適宜的距離中擔任冷靜但決不冷漠的旁觀者角色」[67]。毫

---

[64] 鐘鳴：〈自序・詩之疏〉，《中國雜技：硬椅子》，前揭，第15頁。

[65] ［德］蘇珊・格塞（Susanne Göβe）：〈記憶詩學——鐘鳴的〈中國雜技：硬椅子〉〉，《中國雜技：硬椅子》，王虎譯（北京：作家出版社，2003年），第251頁。

[66] 鐘鳴：〈自序・詩之疏〉，《中國雜技：硬椅子》，前揭，第13頁。

[67] 張媛媛：〈歷史的倫理與詩的開端〉，上海：《上海文化》2019年第3期。

不誇張地說，倫理學可以涵蓋一個時代所有的東西，而「詩歌有時跟時代一樣，並無二致」[68]，三綱五常七情六欲大千世界萬事萬物皆可入詩，對於「詩歌倫理」這一話題大可漫無邊際地泛泛而談，但若沒有章法，只會將詩人精心編織的語言之網纏繞成一團死結。有鑑於此，本文將分為上下兩個部分，結合時代與文化的語境，探究鐘鳴詩歌的倫理與美學。

英國歷史學家奧蘭多・費吉斯（Orlando Figes）的著作《耳語者：史達林時代蘇聯的私人生活》（*The Whisperers: Private Life in Stalin's Russia*）以蘇維埃政權下家庭道德倫理領域為舞臺，講述著史達林統治的道德真空中耳語者們的沉默與謊言。此書在開篇處道出耳語者的意涵：「俄羅斯語言中有兩個詞代表『耳語者』——第一是指怕人偷聽而竊竊低語的人（shepchushchii），第二是指暗地裡向當局彙報的舉報人（sheptun）。個中的區別起源於史達林年代，其時，整個蘇維埃社會全由耳語者們組成，或是第一種，或是第二種。」[69]「不敢高聲語，恐驚枕邊人」，這是史達林時代隱微晦暗的語境。在毛澤東時代成長的人對於蘇聯的語境並不陌生，由於政治原因，蘇聯文學成為當時人們最常見的——甚至幾乎是唯一的——外國文學讀物。本文的上篇將以「耳語」為題，聚焦倫理與語境，這部分內容共包含兩個章節。其一，以鐘鳴的詩歌〈枯魚〉及其背後的寓言為切入點，書寫詩歌倫理的語境與困境；其二，在對詩人欲望的窺探與分析中，探討詩歌倫理的準則與界限。

拙論的下篇以「旁觀」為題，探析鐘鳴所建構的「輿地詩學」

---

[68] 鐘鳴：《旁觀者》（海口：海南出版社，1998年），第13頁。
[69] ［英］奧蘭多・費吉斯：《耳語者：史達林時代蘇聯的私人生活》，毛俊傑譯（桂林：廣西師範大學出版社，2014年），第6頁。

及其核心「南方精神」，繼而討論詩歌倫理的命運與未來。1998
年，鐘鳴出版了三卷本詩文集《旁觀者》。這套書的封面是鐘鳴年
輕時的面部肖像：眉頭微蹙，眼神冷峻，鼻樑高挺，雙唇緊閉，
無一絲贅餘的表情。這般模樣與神情恰與《旁觀者》的書名相得
益彰。鐘鳴所謂的旁觀者，看似相類於魯迅筆下的「看客」，或
者俄羅斯人輕蔑的「зевака」[70]，乃至被梁啟超怒喝為「天下最可
厭、可憎、可鄙之人」[71]，實則大相逕庭。《旁觀者》一書中寫
道：「沒有命名，便不成其為旁觀者。」[72]鐘鳴正是如此不斷地為
他重新命名的自我下定義：「旁觀者是必須堅守自己職業的，遊
手好閒並不是說做懶人，而是獲得驚奇和持續的幻想。」[73]「旁觀
者——就是對行色匆匆的背棄。」[74]「告訴你們吧，我們旁觀者，
小人物，多餘的人，在鞋底尋找真理的人，其實就是些用眼睛為靈
魂拍『快照』的人。」[75]……旁觀者的確是冷眼旁觀的人，但尤顯
殊異的是，鐘鳴所說的「旁觀者」通過觀看攫取靈魂，猶如班雅明
（Walter Benjamin）筆下的遊手好閒者「用借來的、虛構的、陌生

---

[70] Зевака，原意為「無所事事、遊蕩成性、愛看熱鬧的閒散人員」。俄蘇文學翻譯家谷
啟珍與盧康華在翻譯蘇聯作家維克托·涅克拉索夫（Виктор Платонович Некрасов）
的《旁觀者隨筆》（Записки Зеваки）一書時，將「зевака」一詞譯為「旁觀者」。譯
者認為：「書中的『зевака』並不是一個完全消極地看熱鬧的人，而是一個冷眼旁觀
者，是作者本人；他以這種身份『遊蕩』各地，寫下這本隨筆。所以，把『зевака』
譯為『旁觀者』較為切合本書實際內容。」見[蘇]維克托·涅克拉索夫：《旁觀者
隨筆》，谷啟珍、盧康華譯（上海：上海譯文出版社，1981年），第2頁譯注。此
書對鐘鳴創作《旁觀者》影響頗深。鐘鳴在《旁觀者》一書中提到，因從友人李中
茂處獲贈涅克拉索夫《旁觀者》一書，「始得構思此書最重要的線索及最恰當的名
字」。見鐘鳴：《旁觀者》，前揭，第8頁注釋1。
[71] 梁啟超：〈呵旁觀者文〉（1900年2月20日），《少年中國說》（北京：中國言實出
版社，2014年），第31頁。
[72] 鐘鳴：《旁觀者》，前揭，第110頁。
[73] 鐘鳴：《旁觀者》，前揭，第56頁。
[74] 鐘鳴：《旁觀者》，前揭，第218頁。
[75] 鐘鳴：《旁觀者》，前揭，第234頁。

人的孤獨來填滿那種『每個人在自己的私利中無動於衷的孤獨』給他造成的空虛」[76]。而這些不得不用文字精雕細琢以表達的內涵，卻在封面上鐘鳴深邃的眼神中表露無遺。蘇珊・桑塔格（Susan Sontag）認為：「照片是種觀看的語法，更重要的，是一種觀看的倫理學。」[77]鐘鳴這幅明暗交錯的肖像照片也在向讀者呈現一種關乎詩歌的倫理學：詩人應當如何觀看世界、感受世界、表達世界。

---

[76] [德]班雅明：《發達資本主義時代的抒情詩人》，張旭東、魏文生譯（北京：生活・讀書・新知三聯書店，1989年），第76頁。

[77] [美]蘇珊・桑塔格：《論攝影》，黃燦然譯（上海：上海譯文出版社，2014年），第9頁。

上篇

耳語

第一章：枯魚過河
——詩歌倫理的語境與困境

　　詩歌應當是什麼樣子？這是詩歌倫理的首要問題，也是百年來漢語新詩未曾達成共識的癥結。德國哲學家赫爾德（Johann Gottfried von Herder）認定最早的語言是詩歌成分的匯集，他如此勾勒詩歌的肖像：「詩歌源於對積極活躍的自然事物的發聲所做的模仿，它包括所有生物的感歎和人類自身的感歎；詩歌是一切生物的自然語言，只不過由理性用語音朗誦出來，並用行為、激情的生動圖景加以刻畫；詩歌作為心靈的辭典，既是神話，又是一部奇妙的敘事詩，講述了多少事物的運動和歷史！即，它是永恆的寓言詩，充滿了激情，充滿了引人入勝的情節！——除此之外，詩歌還能是什麼樣子？」[1]這一觀點在漢樂府古老而樸素的寓言詩中可以得到印證。樂府古辭曰：「枯魚過河泣，何時悔復及。作書與魴鱮，相教慎出入。」[2]這首小詩復刻出魚兒的歎息，浸潤著奇妙的想像力，它以一條身陷困境的「枯魚」所留下悔恨悲悼與真誠告誡，引發人們的無限遐思。化用這個典故，1990年代探索「古詩新意」的鐘鳴創作了新詩〈枯魚〉，通過構造文本空間內部參差錯雜的互文

---

[1] ［德］J. G.赫爾德：《論語言的起源》，姚小平譯（北京：商務印書館，2016年），第51頁。

[2] 〈枯魚過河泣〉，《樂府詩集》，［宋］郭茂倩編撰，聶世美、倉陽卿校點（上海：上海古籍出版社，1998年），第787頁。

與對話，書寫頗具反諷趣味的當代寓言——「枯魚過河」既暗合了詩人苦苦泅渡的現實語境，又明示了當代漢語詩歌倫理的困境，更在神話、歷史、記憶與現實的縱橫交錯中構造出隱匿於現實深處的反環境。

第一節：文本語境——反環境與互文性

鐘鳴在他鍾愛的〈枯魚〉一詩中如是放言——

> 枯魚要過河，遇上了狂風好害怕。
> 一人一隻枕頭套，快蒙住魚嘴巴，
> 成了農業的老古董和工業的廢料。
> 誰讓它手段欺詐，而且假意恭維。

常見的解釋中，枯魚指「晾曬後的乾魚」。乾魚已喪失生命，即便重回水中也無法復活，因而牠為同類留下的詞語更顯悲憫懇切。但未涉險境的魴鱮不能理解枯魚的告誡，牠們甚至為自欺欺人、粉飾太平而試圖「蒙住魚嘴巴」。在太陽炙烤下失去最後一絲水分的枯魚是「詩意性的殘骸」[3]，它在漢語與生俱來的詩性中淬煉詞語，以反諷的魚眼奇蹟般留下「灰白的弧線和晝夜翻騰的尺素書」（鐘鳴：〈枯魚〉）。更嚴謹的考據者認為，枯魚並非乾魚，

---

[3] 詩意性殘骸是鐘鳴所發明的語彙。詩集《把杆練習》的序言命名為〈枯魚過河及詩意性的殘骸〉。海涅說：「文學史是一所大型陳屍間，每個人都在這裡尋找他所喜愛的或與他沾親的死者。」海涅：〈論浪漫派〉，《海涅全集》（第8卷），孫坤榮譯（石家莊：河北教育出版社，2003年），第28頁。鐘鳴認為這是對於「詩意性殘骸」最直觀的闡釋。

應釋為「失水之魚」[4]，即剛剛網及的鮮魚。因而枯魚也象徵著失去自由的魚，牠在漁網中寫就的註定失效的書信包含著對一種倫理學的探求——畢竟，「全部倫理學問題都起源於人的自由」[5]。詩歌倫理同樣萌發於對詩歌表達自由的渴求。

另一方面，枯魚因失水獲得了新的感知：「魚到了岸上才知道水的存在」[6]，對魚而言，水是隱形的環境，岸則是反環境。在〈致魚書簡〉中，麥克盧漢沿用這個生動的比喻，對反環境的含義做出如下闡釋：「如果沒有一種反環境，一切環境就是看不見的。藝術家的角色就是創造一種反環境，使之成為感知和適應的手段。」[7]人們久久依賴於隱蔽的環境，對現實生活中的一切習以為常，以致感官麻痺，難以察覺環境的真實存在。而反環境，則是打破庸常、重啟感知的一種方式[8]。**反環境**是對現實環境的戲擬，作為反環境的詩歌，成為現實環境的反諷形式，以此來映襯現實環境的荒謬。鐘鳴是較早注意到「反環境」理論並將其運用於創作和批評的當代詩人。在回顧自身的寫作時，他說出了與麥克盧漢極其相似的比喻：「兩條精神矍鑠的魚，僥倖蹦到岸上喘口氣趕忙悶回水

---

[4] 參閱黃人二：〈釋《莊子·外物》「曾不如早索我於枯魚之肆」——兼談〈魚鼎匕〉之性質〉，上海：《中國文字研究》2011年第2期。

[5] 趙汀陽：《論可能生活》（北京：中國人民大學出版社，2010年），第107頁。

[6] [加]埃里克·麥克盧漢（Eric Mcluhan）、[加]弗蘭克·秦格龍（Frank Zingrone）編：《麥克盧漢精粹》，何道寬譯（南京：南京大學出版社，2000年），第69頁。

[7] [加]埃里克·麥克盧漢，[加]弗蘭克·秦格龍編：《麥克盧漢精粹》，前揭，第70頁。

[8] 在麥克盧漢的語境中，媒介即環境，媒介技術創建了影響使用者的環境，「人工技術是『反環境』的東西，給我們提供了感知環境本身的媒介。換言之，沒有反環境，所有的環境都是不可見的。也可以說，環境是有意識的，而反環境是無意識的。就像水中的魚一樣，我們無意識地生活在一個技術文化環境中，這個環境是我們通過延伸自身的感官和身體完成的。」參閱胡泳：〈理解麥克盧漢〉，《理解媒介：論人的延伸（55週年增訂本）》，[加]馬歇爾·麥克盧漢著，何道寬譯（南京：譯林出版社，2019年），第13-14頁。

裡。」[9]無疑，反環境是危險的。當魚兒脫離了牠所生活的水域，這條充滿好奇心的「岸上之魚」，極有可能變成任人宰割的「案上之魚」乃至盤中之魚、腹中之魚：

> 我們得來談談那時一個金幣等於多少，
> 那時餐盤裡凍僵的一條魚是否還活著，
> 像葉賽寧在繩扣裡嚥氣，像珂丁諾夫，
> 像你，像我，突然間好像一切都變了……
> （鐘鳴：〈珂丁諾夫〉）

1990年代，鐘鳴寫下了這首以杜思妥也夫斯基小說《女房東》中的主人翁珂丁諾夫為題的詩歌，預言式地感慨著時代變了。毛澤東時代的抒情詩人在意識與倫理的壓力下使自身英雄化，而覺醒的人們或許已經發現英雄聖殿不過是空中樓閣，抽離了現實語境的幻想籠罩在新的道德真空之中——「突然方向改變了，各種事物的性質在激烈混淆，鬥爭失去自身的難度，變得沒了品味。精英革命的導航系統緩慢而不大自信地交給了物質力量，世俗社會開始恢復古老的習慣，滋生了文人社會最難適應的約束力。」[10]回望理想主義的1980年代，魚兒們逃離得過且過的舒適水域，艱難地在河岸苟延殘喘——唯有如此躍出水面，牠們才能看到水的清濁、看到「大魚吃小魚」的生態鏈以及潛藏於水面之下的漁網和魚鉤。這些「魚中勇士」最後難免變成了「帶著我的刺的盤中之魚」或「餐盤裡凍僵

9 鐘鳴：〈新版弁言：枯魚過河〉，《畜界，人界》（上海：上海人民出版社，2010年），第1頁。
10 鐘鳴：《旁觀者》，前揭，第830頁。

的一條魚」，成為悲劇式的英雄。後繼者們再也沒有上岸的勇氣，只在自身的「看見」裡虛榮沉浮，「魚子醬成了魚的反環境」[11]。鐘鳴悲觀地指出：「要論詩歌的進步，除了『詞』的勝利，就人性方面，我看是非常晦暗的，猶如骨鯁在喉。」[12]在數量驚人的漢語詩中，不乏如花樣滑冰般華麗的詞語表演，但那些詩句不過是在冰面上打滑，頂多留下些許劃痕，「至於思想呢——歌德之『好思想』，幾乎沒有」[13]。純真的文學理想主義或已不復存在，人們只能在文學中尋得純真的戲仿，難以發現純真的真身——「批評者要在今天詩人身上去尋天真，怕莫過於枯魚躍入真空汲取甘露。」[14]對困於涸轍的將死之魚而言，真空的甘露意味著脫離困境的一線生機，但這最後的稻草很有可能只是海市蜃樓般的幻景。在鐘鳴筆下，枯魚保有最後的天真，「吞煙唾月」，以枯燥的姿態和品質，在沉默、誤解與時代的變化中，為渾然不覺的同類們提供現實倫理的「反環境」：

> 能想像一條枯燥的魚要過河嗎，
> 要開太陽的硬弓，要游回水中，
> 吞煙唾月，要用鼓囊囊的漆皮
> 把犁上銀色的星斗和勞動封死？
> （鐘鳴：〈枯魚〉）

　　法國學者蒂費納・薩莫瓦約（Tiphaine Samoyault）認為：「文

11　鐘鳴：〈枯魚過河及詩意性的殘骸〉，《把杆練習》（未刊稿，2018年，成都）。
12　鐘鳴：〈新版弁言：枯魚過河〉，《畜界，人界》，前揭，第2頁。
13　鐘鳴：〈枯魚過河及詩意性的殘骸〉，《把杆練習》（未刊稿，2018年，成都）。
14　鐘鳴：〈枯魚過河及詩意性的殘骸〉，《把杆練習》（未刊稿，2018年，成都）。

學是在它與世界的關係中寫成，但更是在它同自己、同自己的歷史的關係中寫成的。」[15]可以說，互文性是文本語境中最核心、最關鍵的問題，如弗萊（Northrop Frye）所說：「一首詩的最明顯的文學語境就是其作者的全部創作。」[16]在隨筆集《畜界，人界》修訂版的序言中，鐘鳴回憶道：「我一直在試驗詩歌的張力，從極簡主義到地地道道的紛繁，我都搞過。我討厭雷同，討厭文學的近親繁殖，討厭魯迅罵過的取彼者，他們就像博爾赫斯描述的魔鏡一樣，只使文學的人口數量增加。我試驗的最厲害的就是那首被收在《後朦朧詩全集》中的〈樹巢〉。是我進行『雜語寫作』或『互文寫作』的首次試驗。也可以說，它是當時詩歌圈內最早利用互文性來構造的作品。」[17]儘管鐘鳴本人曾宣稱〈樹巢〉一詩是敗作，但其獨特的形式和酣暢的語言仍然未被後來者超越。〈樹巢〉中包含了許多在鐘鳴後來的創作得以鋪展的隨筆因素，「互文寫作」的追求也因此延續下來。

在鐘鳴的詩歌中，互文性寫作主要包含四個維度：一是汲取歷史古籍、古典文學、神話傳說等傳統資源，借「互文性」的典故使詩的時空界限變得模糊——構造出一個陌生化的反環境——讓詩的聯想自由往返於歷史、讓詩的語言「往事再現」並通過古典的內蘊發出悠遠的迴響。二是關注於世界文學，在翻譯和理解中致敬經典，他的詩體雜記《希波呂托斯三重奏》即為一例。早在1982年，鐘鳴便在他所創辦的油印刊物《次生林》的第2輯中編選了一期專

---

[15] [法]蒂費納・薩莫瓦約：《互文性研究》，邵煒譯（天津：天津人民出版社，2002年），第1頁。
[16] [加]諾思洛普・弗萊：《批評之路》，王逢振、秦明利譯（北京：北京大學出版社，1998年），第7頁。
[17] 鐘鳴：〈新版弁言：枯魚過河〉，《畜界，人界》，前揭，第19頁。

門集中介紹外國現代詩的專刊《外國現代詩選》，在當時有許多詩人從中受益。對鐘鳴及其同代人影響最深的是俄蘇文學，在他看來，「恰好正是這代人，必須通過什麼方式，把那種影響還原給蘇俄文學」[18]。三是與同代詩人在寫作中形成的對話性，詩人們彼此之間的書信往來互通有無、相互贈詩或寫同題詩，這些文本之間既具有一種互文的互異性（hétérogénéité），也在彼此交織中彰顯個人的風格與特性。四是鐘鳴所創作的多種文體的文本之間形成的互文。最具代表性的便是鐘鳴的三卷本《旁觀者》一書，此書雜糅了自傳、評論、小說、注釋、隨筆、詩歌乃至手稿與新聞圖片，形成一種極為複雜的文體。通過互文式的各種文體的交叉使用，鐘鳴實現了多種角度全方位地、整體地觀察和記錄時代的初衷[19]。此外，鐘鳴的許多詩歌都曾反覆修訂，因不同時期思想或語感變化而留存了多種版本，這些平行且互異的文本，在語詞和意象之中斟酌、減贅或增益，在一定程度上反映出詩人詩學觀念的轉變，同時，每一新版本的出現都是同文本的歷史與記憶的對話，彼此之間具有毋庸置疑的互文性[20]。通過與過去的對話，這些不斷擴容的詩歌文本如「紙的讖語」[21]，在未來或當下的某一時刻一一應驗，這可以算作鐘鳴對詩歌倫理的特殊理解。

---

[18] 鐘鳴、張媛媛、付邦：〈詩的批評語境及倫理〉（未刊稿，2019年，成都）。

[19] 參閱敬文東：〈詩歌寫作在1990年代的倫理任務〉，長春：《文藝爭鳴》2013年第12期。

[20] 參閱張媛媛：〈歷史的倫理與詩的開端〉，上海：《上海文化》2019年第3期。

[21] 鐘鳴：〈樹巢〉，《後朦朧詩全集》，萬夏、瀟瀟主編（成都：四川教育出版社，1993年），第337頁。

第二節：現實語境——開端與回憶

1983年2月，成都的詩歌刊物《星星》發表了鐘鳴的組詩〈夏天〉，其中包含三首短詩：〈伐木工的鴨嘴棒〉、〈白蝴蝶〉、〈堆沙的孩子〉。這是鐘鳴最早刊發於國內正式刊物的一組詩，這些詩創作於他在西南師範學院求學的學生時代（1977-1982），此時的詩風輕盈舒緩、純淨哀傷，雖與後來日益繁複深奧、充滿反諷性的風格大相逕庭，卻已然顯現出鐘鳴詩歌倫理的萌芽，提供了使我們洞悉作者真正意圖所在的開端[22]。其中，頗具童真的小詩〈堆沙的孩子〉可以算作鐘鳴最早的元詩（metapoetics）。此詩描摹了一個在沙灘上玩堆沙遊戲的孩子，他用沙子覆蓋自己「赤裸的軀體」，在沙的千百次築造和坍塌中不斷重塑他所希冀的世界，不斷重塑自己的身體，乃至「忘記了世界的時間」。一沙一世界，沙與世界彼此映照，於是，堆沙的孩子「從沙在風中的迴旋看到了世界的迴旋／從沙粒變幻的色彩領略了世界的色彩」（鐘鳴：〈堆沙的孩子〉）。指縫間流動的沙粒象徵著詩歌，沉迷於堆沙遊戲的孩子則是對詩歌理想孜孜以求的詩人——

> 堆沙的孩子
> 剔除空洞的螺貝

---

[22] 恰如薩義德所說：「指定一個開端，通常也就包含了指定一個繼之而起的意圖。」[美]愛德華・W.薩義德：《開端：意圖與方法》，章樂天譯（生活・讀書・新知三聯書店，2014年），第21頁。

使沙的語言變得純淨

（鐘鳴：〈堆沙的孩子〉）

　　這首詩也在一定程度上呈現出鐘鳴詩歌倫理的開端以及其背後依託的現實語境。剔除詩歌中空洞的雜質，杜絕「以詞生詞、從詞到詞」的虛無表達，使詩的語言更加純淨澄澈得以真實地映射世界，成為鐘鳴一以貫之的詩歌倫理追求。當詩人如堆沙的孩子般精心用純淨的語言塑造出承載思想的「駱駝」和「小馬」，「穿過滿足的童年／沙的世界不再是荒涼的世界」（鐘鳴：〈堆沙的孩子〉）[23]。鐘鳴詩歌倫理的現實語境與他的童年經歷密不可分。然而，對於鐘鳴來說，童年的修飾詞恰恰是「滿足」的反面。1950年代出生的中國人，大多在一種極為特殊的歷史境遇中度過他們的童年時代。加斯東・巴什拉（Gaston Bachelard）認為，人類心靈中有一個永久的童年核心，它只在詩的生存的時刻中才有真實的存在，「當詩人用火的詞句講述童年時，他再次發現了童年」[24]，而「童年如同遺忘的火種，永遠能在我們身心中復萌」[25]。這簇童年之火，在鐘鳴的眼中燃燒成了連野獸也懼怕的「密室裡的唯一火源和冬天的精神」（鐘鳴：〈鹿，雪〉）。憶及童年，鐘鳴寫道：「我的童年，是暈眩的副產物。像果子，未成熟便掉了下來。」[26]青澀的果子墜落，在收穫甜味之前便化作了泥土。他坦言：「我理解的

---

[23] 這首詩收入了鐘鳴的自編詩集《把杆練習》（未刊稿，2018年，成都）。《把杆練習》收錄此詩時略有改動，載於成都：《星星》1983年第2期中原句為：「穿過幸福的童年／沙的世界不再是荒涼的世界。」

[24] [法]加斯東・巴什拉：《夢想的詩學》，劉自強譯（北京：生活・讀書・新知三聯書店，2017年），第128頁。

[25] [法]加斯東・巴什拉：《夢想的詩學》，前揭，第133頁。

[26] 鐘鳴：《旁觀者》，前揭，第350頁。

童年，也是雙倍的一無所知——作為社會，沒有為我們儲備恰如其分的知識，我不是指學校那種咿呀學語。作為自然，我們不能按照自然的觀念去理解自然。」[27]不僅如此，隨著時代的動盪，整個社會湧動起一股反智主義（anti-intellectualism）的思想傾向，致使本應在學校獲得的知識也大打折扣。

「文化大革命」爆發之時，鐘鳴剛好小學畢業。儘管歷史的波譎雲詭已在前驅者的日記中寫下先兆，但身處其中的人們仍渾然不覺[28]。十年間，少年鐘鳴和院子裡的孩子們一起成為了調皮搗蛋的紅小兵，又被家人送到文工團學跳舞，接著參軍，北上南下，他在種種惡劣的環境中磨礪，足跡遍及鏡泊湖、鴨綠江、湄公河……，在潮濕炎熱、叢林密布的中南半島當了兩年工程兵後，鐘鳴所在的部隊換防回到了冰天雪地的黑龍江，駐紮在鏡泊湖畔。湖邊寧靜的燭光和在當地鄉村教師家中翻閱的詩集，激發了他的創作激情。在北方厚重的黑土地上，鐘鳴開始大量創作詩歌，但這時的創作被他視為「純粹衝動的青春練習曲」[29]，這些詩稿最終化作碎片，葬身魚腹。在回顧歷史時，鐘鳴說道：「有很長段時間，詩歌成了啞巴。」[30]在時代失聲的語境中，鐘鳴尚未找到發聲的方式，這也是他在鏡泊湖畔第一次為詩歌迷狂試筆，但最終未果的原因之一。

瑞典詩人特朗斯特羅姆（Tomas Tranströmer）在1966年寫下一首小詩：

27　鐘鳴：〈紅舞，我的經歷〉，《太少的人生經歷和太多的幻想》（北京：解放軍文藝出版社，1999年），第30-31頁。

28　鐘鳴：「時至1966年，我的生活，平靜而單調。後來，才有歷史顯現的荒謬和災難，當時，還傾斜隱沒在月亮後面。」鐘鳴：〈紅舞，我的經歷〉，《太少的人生經歷和太多的幻想》，前揭，第37頁。

29　鐘鳴：〈自序·詩之疏〉，《中國雜技：硬椅子》，前揭，第3頁。

30　鐘鳴：〈自序·詩之疏〉，《中國雜技：硬椅子》，前揭，第4頁。

奔騰，奔騰的流水轟響古老的催眠

小河淹沒了廢車場。在面具背後

閃耀

我緊緊抓住橋欄

橋：一隻駛過死亡的大鐵鳥

（特朗斯特羅姆：〈1966年——寫於冰雪消融中〉，李笠譯）

遙望斯堪的納維亞半島（Scandinavian Peninsula）解凍的山河，特朗斯特羅姆不會想到在地球彼端遼闊的土地上開始了長達十年的冰封，也不會想到這首小詩在寫就的十餘年後，成為一枚火種，契合中國年輕詩人的靈魂[31]，讓噤聲已久的喉嚨重新表達：「我一定要說出真理，／寧可麻雀叫我大嗓門。」（鐘鳴：〈我只能這樣〉）「我要表達一種情緒／一種白色的情緒」（柏樺：〈表達〉）。即便被蒙住了嘴巴，詩人的表達依然「像披頭士的過街髒話，不可動搖的荒謬決心，／沁入自己的嘴角，汪汪淚眼，作書反為魴鱮」（鐘鳴：〈枯魚〉）。

第三節：倫理困境——隱語與贅詞

當下關於詩歌倫理最激烈的爭論在於——面對民生的疾苦、災難的傷害，面對人性的善惡、正義的失衡，面對現實社會司空見慣

---

[31] 據柏樺回憶，他曾在1981年讀到北島翻譯的特朗斯特羅姆的這首詩歌，北島所譯題為〈寫於1966年解凍〉。參閱柏樺：〈回憶：一個時代的翻譯和寫作〉，《今天的激情——柏樺十年文選》（上海：上海人民出版社，2006年），第5-6頁。

的沉痾舊疾，面對全媒體時代層出不窮的新聞事件——詩人應如何發聲？如何保有詩意而不失擔當，如何敏感於現實並保持適當的距離，如何克制不確定的情緒而不冷漠，乃至如何警惕語言的暴力，洞悉現實語境和因果關係，從虛假消息與愚昧謠言中辨別真相？這些都是自新聞報紙誕生之日起，詩人們便難以解決的倫理困境。

　　報紙代表了現代資訊業的出現，作為一種新聞媒介，報紙引發的陌生感與疏離感是現代人獨有的感受。正如麥克盧漢所說：「一張報紙是一首共同的象徵派詩歌，作為詩歌，它是環境的、隱性的寫作。」[32]1930年代，自認為「小處敏感，大處茫然」[33]的卞之琳寫下了在當時語境看來十分超前的小詩〈距離的組織〉[34]。鐘鳴認為，卞之琳的「這首詩首次逃離了文壇時尚及趨同感——對戀愛、民眾、沉淪、副刊論戰和好人政治的幻想，卻秉持『新聞性』或『新聞嗅覺』，雖避免了充當『硫磺火柴作家』，倒也作了小小的即興爆炸……」[35]新聞入詩[36]，顯現出卞之琳對時代的敏感以及與時代潮流恰到好處的疏離。與卞之琳相似，鐘鳴的創作也始終與時代的主流之間保持一種疏離感。這種疏離感也可以理解為卞之琳所說的「茫然」，或鐘鳴談論的「恍惚」。

---

[32] [加]埃里克・麥克盧漢，[加]弗蘭克・秦格龍編：《麥克盧漢精粹》，前揭，第70頁。

[33] 卞之琳：〈《雕蟲紀曆》自序〉，《卞之琳文集》（中卷），江弱水、青喬編（合肥：安徽教育出版社，2002年），第446頁。

[34] 卞之琳：〈距離的組織〉，《卞之琳文集》（上卷），江弱水、青喬編（合肥：安徽教育出版社，2002年），第56-57頁。

[35] 鐘鳴：〈新版弁言：枯魚過河〉，《畜界，人界》，前揭，第4頁。

[36] 〈距離的組織〉一詩中「忽有羅馬滅亡星出現在報上」，源自1934年12月26日《大公報・國際新聞》中一則關於羅馬帝國傾覆之時爆發的星球之光傳到地球的消息。「我又不會向燈下驗一把土」，源自1934年12月28日《大公報・史地週刊》中「夜中驅馳曠野，偶然不辨在什麼地方，只消抓一把土像燈一瞧就知道了哪裡了」。這兩處描寫均從報紙上看到的新聞相關。參閱卞之琳：〈距離的組織〉，《卞之琳文集》，江弱水、青喬編（合肥：安徽教育出版社，2002年），第56-57頁注釋。

而在互聯網時代，新的媒介將引發新的炸裂。資訊時代的到來印證了媒介學家麥克盧漢的先見之明，世界在更加迅疾便捷的交流中再部落化，成為了一個時常被描繪為和平且和諧的地球村——但這並非麥克盧漢的本意，在他的文字中潛藏著某種預見性的幽暗意識，地球村從不意味著統一和寧靜，而是斷裂、分歧與紛爭[37]。網路超越了時間與空間的距離，使人與人之間離得更近，同時，通過網路展現出的思想立場或價值觀的殊異，則讓心與心之間隔得更遠。每一次自由表達的背後都有千萬雙注視的眼睛。資訊時代給予人們前所未有的自由，也帶來了無法擺脫的非自由。在這樣的語境下，詩歌所具有的隱語特性、詩歌在表意之外所蘊藏的巨大空間，成為在某些情境下表達抗爭的有效工具。

　　作為鐘鳴自身詩歌倫理的體現之一，隱語以其豐富的關聯性和反諷形式，淬煉思想，直抵人性。而贅詞——不吝筆墨的注釋、不厭其煩的闡發、精雕細琢的斷篇殘章——絕非多餘的話同義反覆或纏繞不清，而是知識在積澱與輸出中逐步矯正失衡的真實感知。「枯魚過河」的寓言揭示了詩歌倫理的困境，含淚冒死傳遞的告誡如何抵得過餌料的誘惑？蹚水過河，怎能不沾濕衣裳？真正的自由究竟是安於被遮蔽真實的水底還是躍出水面呼吸危險的空氣？在鐘鳴反覆修訂的〈枯魚〉一詩中，似乎已經提供了解決的方案：枯魚是鐘鳴詩歌中的隱語，而枯魚傳遞的書信則是最真誠的贅詞——「浮雲越是真實就越危險，相教慎出入。」[38]

---

[37] 有學者提出：「人人互聯使得很多人感覺不堪重負，失去了個人認同。對此的回應是暴力。戰爭、酷刑、恐怖主義和其他暴力行為都是在地球村裡對認同的尋求，導致屠宰對方成為最常見的部落遊戲。」胡泳：〈理解麥克盧漢〉，《理解媒介：論人的延伸（55週年增訂本）》，[加]馬歇爾・麥克盧漢著，何道寬譯（南京：譯林出版社，2019年），第19頁。

[38] 鐘鳴：〈枯魚〉，《把杆練習》（未刊稿，2018年，成都）。

第二章：耳中優語
——詩歌倫理的準則與界限

　　革命、歷史與政治話語凝縮著語言暴力與人性之惡，現實語境下，失效的準則與模糊的界限致使當代漢語新詩陷入進退維谷的倫理困境。在斯拉沃熱‧齊澤克（Slavoj Zizek）看來，語言使人類的暴力能力遠超於動物[1]。暴力是語言與生俱來的屬性，意識形態的塑造則一度賦予語言暴力以合法性。對此，鐘鳴顯露出遠超於同代人的清醒：「我們這代人，最後都要背負『語言的原罪』。」[2]敬文東將這種「語言的原罪」稱作「革命年代的語言胎教和語言胎記」[3]，儘管1980年代以來的新詩寫作中已然呈現出對語言暴力的有意識抵制，但那些不易察覺的語言胎記「仍然會暗中抵制直到破壞詞語的一次性原則，進而獲得一種偽裝的新詩現代性」[4]。除此之外，現代以來崇尚暴力美學的詩歌無疑也是造成倫理失範的

---

[1]　他在談論語言的先天暴力時說道：「語言簡化了被指涉之物、將它簡化為單一特徵。它肢解事物、摧毀它的有機統一、將它的局部和屬性視作具有自主性。它將事物塞進一個最終外在於事物自身的意義場域之中。」[斯洛文尼亞]齊澤克：《暴力：六個側面的反思》，唐健、張嘉榮譯（北京：中國法制出版社，2012年），第55頁。

[2]　鐘鳴、曹夢琰等：〈「旁觀者」之後──鐘鳴訪談錄〉，合肥：《詩歌月刊》2011年第2期。

[3]　敬文東：〈從唯一之詞到任意一詞（上篇）──歐陽江河與新詩的詞語問題〉，常熟：《東吳學術》2018年第3期。

[4]　敬文東：〈從唯一之詞到任意一詞（上篇）──歐陽江河與新詩的詞語問題〉，常熟：《東吳學術》2018年第3期。

幫兇，從波特萊爾的「惡之花」到顧城的「殺人是一朵荷花」，暴力被語言的脂粉美化，詩歌在擴容美學以獲取現代性的同時也失去了敬畏與虔信的靈魂內核。真正的詩歌倫理應從暴力中救贖語言，而非成為新的施暴者。在最新修訂的詩歌〈鳥踵〉一詩中，鐘鳴含沙射影地諷刺道：「求金玉滿堂，非同則異，得反而反，變化，／遂稱『反道德』是一種道德，不知則有知，／／（再推下去就是殺人是一朵花，不是殺人）。」而在此詩更早的版本中則更直白地寫出：「我所見的文人不過是道德的成功者而已。」（鐘鳴：〈鳥踵〉）或許充斥著語言暴力的詩歌在立意或內容上是「道德的成功者」（諸如某些「應景之作」、順應主流的讚歌），但從詩歌倫理的層面來看，卻是徹頭徹尾的失敗。

因而，在探討鐘鳴詩歌倫理的語境中，區分倫理（ethics）與道德（morals）十分必要。為釐清二者之間最顯著的差異，此處不妨重申齊澤克精彩的見解：「道德事關我和別人關係中的對等性，其最起碼的規則是『你所不欲，勿施於我』；相反，倫理處理的是我和我自己的一致性，我忠實於我自己的欲望。」[5]詩歌倫理生成於對自身的聆聽與思考，忠實於內心思考與表達的欲望。相形之下，詩歌的道德則是難以預測的，走向頂峰或觸碰禁區都更為輕易，正如齊格蒙‧鮑曼所說：「有一件事情我們可以確信：在一個承認道德無根源、缺乏效用，而且僅靠習俗這塊易碎的跳板來溝通深淵的社會中既存的或是可能存在的任何道德，都只可能是無倫理根基的道德。由此，一切都是或將是不可控制和不可預測的。」[6]

5　[斯洛文尼亞]斯拉沃熱‧齊澤克：《佛洛德－拉康》，何伊譯，張一兵主編《社會批判理論紀事》第3輯（南京：江蘇人民出版社，2009年），第8頁。
6　[英]齊格蒙‧鮑曼：《生活在碎片之中——論後現代道德》，前揭，第11頁。

德國哲學家哈貝馬斯（Jürgen Habermas）認為：「準則構成了倫理與道德的交接點」[7]，從紛雜繁多的道德命題擇出詩歌倫理的關鍵在於確定有效且可控的準則——這也是窺探詩人欲望的唯一方式。

第一節：耳語——詩的私密與失真

耳語或誕生於親密者的曖昧呢喃，或傳遞著不可告人的祕密。作為一種表達方式，耳語意味著不宜公開或不願公布。「私密性」是耳語的核心特徵，也是鐘鳴詩歌最為關注的倫理命題。在一部關注資訊時代自由與隱私問題的著作中，互聯網被看作是一位殘忍的史官：「創世以來，人們便不斷談論八卦，傳遞謠言，以及羞辱他人。這些社會實務現在移往互聯網，並在那裡呈現出新的規模。從地方小團體中容易被忘記的耳語，一變而為永久性的人類生活的編年史。」[8] 人們所做的一切，都以數位或編碼的形式，在網路編織的史書中留下難以抹滅的痕跡，「人間私事」在新媒介中成為永久性「醜聞」[9]。對此，鐘鳴曾在詩中發出犀利的詰問——

> 我們有「私」嗎？公開後將不存在，
> 並非名義上這樣。我們能否有被公開後
> 仍然存在的那種「私」，那種恪守，

---

[7] ［德］尤爾根・哈貝馬斯：《對話倫理學與真理的問題》，沈清楷譯（北京：中國人民大學出版社，2005年），第73頁。

[8] ［美］丹尼爾・沙勒夫（Daniel J. Solove）：《隱私不保的年代》，林錚顗譯（南京：江蘇人民出版社，2011年），第18頁。

[9] 美國小說家納旦尼爾・霍桑（Nathaniel Hawthorne）的名作《紅字》（*The Scarlet Letter*）中，女主人翁海絲特・白蘭（Hester Prynne）戴上標誌「通姦」的紅色A字示眾，而在資訊時代，危機無處不在，時刻潛伏在人們自以為安全的虛擬空間，如隨時引燃的炸彈，稍有不慎便可能在網路暴力的脅迫下烙上永久的數位式「紅字」。

因傳種的原理而被愛和它的狹義攪動？

（鐘鳴：〈中國雜技：硬椅子〉）

在人人互聯的資訊時代，每個人都置身於世界這個龐大的圓形監獄之中，喬治‧奧威爾（George Orwell）筆下那種「看不見的、無所不知的權威」時刻監視著人們的一舉一動，「私」成為難以獲求的奢侈品。哪怕最為私密的個人記憶也不具備真正的「私」。人們曾固執地認為記憶是每個人絕無僅有的私物，無法被暴力竊取，亦無法被權力褫奪。遺憾的是，「沒有記憶能夠在生活於社會中的人們用來確定和恢復其記憶的框架之外存在」[10]，個人的記憶往往需要借助他人的記憶而重建，喚醒回憶亦需要許多外在的線索。正如法國歷史學家莫里斯‧哈布瓦赫（Maurice Halbwachs）的觀察：「集體記憶的框架把我們最私密的記憶都給彼此限定並約束住了。」[11]回溯一個兼具火熱軀殼與冰冷內核的弔詭時代，記憶的書寫成為拯救自我、療癒內心的唯一方式，在歷史記憶的容器內盛滿隱微而私密的情緒與感知。〈中國雜技：硬椅子〉正是對某種集體記憶的複寫，勾連起整個文化的記憶。德國學者蘇珊‧格塞的〈記憶詩學〉一文分析詩歌標題時指出：「『雜技』和『硬椅子』同關鍵字『倫理學』的聯繫，強調了記憶同權力的關係。……該詩標題中的各種隱喻間的聯繫，展示了一詩形態在現實建構的系統方法中的根本要求，也就是將其寫進文化記憶之中。這樣，通過合作的方法，過去被確定為真正的文化現實。」[12]

---

[10] ［法］莫里斯‧哈布瓦赫：《論集體記憶》，畢然，郭金華譯（上海：上海人民出版社，2002年），第76頁。

[11] ［法］莫里斯‧哈布瓦赫：《論集體記憶》，前揭，第94頁。

[12] ［德］蘇珊‧格塞（Susanne Göße）：〈記憶詩學——鐘鳴的〈中國雜技：硬椅子〉〉，

在一個過於容易忘卻的時代，以對記憶的建構反抗生命中的遺忘，是身陷倫理困境的寫作者們最後的努力。吳亮的小說《朝霞》是將「不可忘卻」作為寫作倫理的另一例證。他以文學倫理的名義，拆解著通行已久的強勢話語，而與鐘鳴的詩歌倫理不同的是，小說家吳亮不信任歷史遺留在知覺與情感中的文化記憶，他更傾向於以想像彌補遺忘：「必須把這個隱藏著的歷史從光天化日之下再次以文學的方式隱藏起來，不是揭露和控告那些早已作古的偶然性，也無須追述他們的過犯推翻他們的定論，只有這樣一個觀念才是符合文學倫理的：將芸芸眾生從記憶的瀚海中打撈出來，既不是個人訴訟更不是集體紀念，遺忘不可能被復原，遺忘必須由想像力去替代，這裡沒有所謂的真實，所有的真實都帶有必要的謊言，這裡也沒有絕對的謊言，謊言不過是一種無法面對的真實之求生策略，它是一種失去樂園之後的傾其所有，交出去。」[13]這種差異的根源或許在於吳亮小說中處理的對象不是某一個體私密的倫理訴求，而是準宗教時代既複雜又單一的日常——既稀鬆平常，又隱隱有些駭人聽聞[14]。一種文體便是一種觀察世界的角度或體式[15]，鐘鳴以詩歌「關注日常事物潛伏的巨大寓意」[16]，吳亮則在敘事中呈現日常生活的神祕性。儘管角度不同，從時代的耳語中辨聽歷史、掙脫強權的初衷並無二致。正如張定浩所說：「文學的倫理，就是個體生命擺脫權力機器的馴化，一次次拋開史書和文學史的教育，重新獨自擁抱歷史，一次次將那些沉淪於過去瀚海中的生命奮力打撈

王虎譯，《中國雜技：硬椅子》（北京：作家出版社，2003年），第257頁。

[13] 吳亮：《朝霞》（北京：人民文學出版社，2016年），第227頁。

[14] 參閱敬文東：〈可感性敘事與日常生活的神祕性——論吳亮的《朝霞》〉，瀋陽：《當代作家評論》2017年第4期。

[15] 參閱敬文東：〈從本體論的角度看小說〉，鄭州：《鄭州大學學報》2003年第2期。

[16] 鐘鳴：〈自序‧詩之疏〉，《中國雜技：硬椅子》，前揭，第13頁。

出來，復活他們，讓他們重新成為今天的一分子。」[17]

失真是耳語的另一特徵。耳語有時也意味著謊話、誣告或謠言。怕被偷聽而竊竊私語的「耳語者」，有時也是告發他人的舉報者。在新舊媒介的截斷遞嬗中，來自權力底層的絮語漸漸被耳語或閒話所消解。鐘鳴的〈風截耳〉便揭示了這一現象。詩中共出現二十一處與「耳」相關的意象，諸如伶俐的耳朵、結實的雙耳、招風的耳朵、沾滿泥屑的耳朵、化為風色的耳朵、落在罋上的耳朵、粉飾的耳朵、禹的耳朵、在逃的耳朵、污染的雙耳……，在一連串奇幻怪異的修飾下，耳朵的形象變得清晰飽滿，饒有趣味。這些耳朵意象都與風相關，詩的開篇即點明「風裡生出小獸和伶俐的耳朵，聽宇宙的聲音」。風中生出的耳朵，使人聯想到神話傳說中的順風耳，擁有靈敏的聽覺，逖聽遠聞，消息靈通。什麼祕密都難逃過這雙伶俐的耳朵，先秦的管仲早就提醒過世人隔牆有耳，鐘鳴則在詩中重申：「牆頭上刮過風，粉壁裡一定插有／雙耳，結實的雙耳，昆蟲的密探。」只要有風吹過的地方，就不可能擁有絕對的「私」或「祕密」。生長在風中的耳朵無處不在卻難覓蹤跡，讓人猝不及防，要描摹它們的形狀，只能求助於神話與現實的交界地帶，用亦真亦幻、似是而非的傳說不斷逼近它的輪廓。而「神話和實際的或邏輯的態度其實是通過類比相聯繫的」[18]，所以，無論包裹著怎樣天馬行空的想像抑或不可思議的傳奇，最終都能在耐心地抽絲剝繭般地細讀中還原其真實。鐘鳴的詩歌尤其擅長類比和隱喻，在由意象編織的平行空間中展開詞語的矩陣，誘導讀者對照鏡子完成拼

---

[17] 張定浩：〈那些來自寒冷的人——吳亮《朝霞》讀記〉，南寧：《南方文壇》2017年第1期。

[18] [加]諾思洛普·弗萊：《批評之路》，前揭，第70頁。

圖。比如下面這一段詩中，就包含了幾處互鎖拼圖的零片：

> 疾行如風的野獸吞掉了耳朵裡的神，人們
> 再也不得空閒，只有雲車風馬
> 露出了蹄筋和毛髮，弄清了風的起源。禹的耳朵裡
> 有三個窟窿，通過這些黬黑的窟窿，
> 風刀切斷了人的命脈，再沒人涉水過河，
> 像壯士那樣唱「風蕭蕭……」
> （鐘鳴：〈風截耳〉）

　　鐘鳴認為：「中國傳統小說中的謠言之神都是從耳朵裡冒出來的，大概是因為謠言的主要對象是耳朵。耳朵裝滿了平衡感和聲音的各種胚胎。」[19]「耳朵裡的神」指謠言之神，「身上掛滿尖銳的工具和折射的鏡子」[20]，同時，它也使人聯想到蒲松齡《聊齋志異》中名為〈耳中人〉的短篇小說，鐘鳴另一首名為〈耳人〉的詩便來源於這個故事。失去了寄住在耳中的守護神，人們便不再有空閒和自由，只有「雲車風馬」這些神靈的車乘，隱約透露「風的起源」。代表聖人異相的「禹耳三漏」在詩中被解構，禹的三個耳朵眼被描述成了三個黬黑的窟窿，通過這些窟窿，風如刀般截斷了人的命脈，再無荊軻般的勇士帶著視死如歸的決心詠唱著「風蕭蕭兮易水寒，壯士一去不復返」。聖人不再具有大德，壯士不再具有大義，只得顛倒時辰，「變光明為黑暗，變萬里長風為污染的雙耳」。這自然是無奈之舉，恰如奧登（Wystan Hugh Auden）所說：

---

[19] 鐘鳴：《塗鴉手記》（上海：上海人民出版社，2009年），第153頁。
[20] 鐘鳴：《塗鴉手記》，前揭，第153頁。

「在現代社會裡，語言常遭污損，被貶低成『非語言』，詩人經常處在耳朵被污染的危險之中。」[21]面對污損破敗的語言，面對無所遁形的隱私，面對窸窸窣窣的耳語以及嘰嘰喳喳的意識形態，詩人以風截耳，割斷暗中的背叛，阻攔麻雀的喧囂，毀車殺馬，毅然決然。

第二節：耳人——意象與詞語的準則

　　鐘鳴〈耳人〉一詩化用了《聊齋志異》中「耳中人」[22]的典故。若從現代心理學角度去解釋，不妨認為儒生譚晉玄因對道家修行之術極為癡迷，篤信不疑，乃至有些走火入魔而出現幻聽，聽到自身潛意識的竊竊私語，繼而出現幻視，半睡半醒間看見夢中的幻影。實際上，人們因對某事癡迷沉醉乃至出現幻覺並不罕見，對於優伶、畫家、音樂家、小說家以及詩人而言，更是如此。回憶曼德施塔姆（Осип Эмильевич Мандельштам）寫作的情形時，娜傑日達（Надежда Яковлевна Мандельштам）寫道：

> 我認為，對於詩人而言，幻聽症是某種職業病。許多詩人都說過，詩句是這樣產生的，它起初是詩人耳中一個揮之不去的無形樂句，然後形式才逐漸確定下來，但仍無字詞……

---

[21] [英]威·休·奧登：〈論寫作〉，李文俊譯，《二十世紀文學評論》（下冊），[英]大衛·洛奇編（上海：上海譯文出版社，1993年），第451頁。

[22] 苦修導引之術的儒生譚晉玄，在某日打坐之時，忽然聽見耳中有人說話，遂以為自己修煉得道。等幾日後耳中再次傳來「可以見矣」的聲音時，他輕聲回應，耳中便生出貌如夜叉的三寸小人。正當儒生驚異之時，鄰人突然來訪，耳中人倉皇逃離。耳中人失蹤後，儒生便得了瘋癲，醫治半年後才痊癒。[清]蒲松齡：〈耳中人〉，《聊齋志異》（武漢：長江文藝出版社，2018年），第3頁。

我不止一次看到奧·曼試圖擺脫這種曲調，想抖落它，轉身走開……。他搖晃著腦袋，似乎想把那曲調甩出來，就像甩出游泳時灌進耳朵的水珠。但是，卻沒有任何聲響能蓋過這曲調，無論是喧鬧和廣播，還是同一個房間裡的交談。[23]

　　靈感天降，猶如耳中人在詩人的耳畔低語。癡迷於詩的寫作者或許都有過類似的經驗，在耳畔縈繞的詞語嗡營不休，無法擺脫，讓人茶飯不思，寢食難安，直到耳中人說出「可以見矣」的允諾，讓詩句躍然紙面，詞語的「耳蟲效應」方才甘休。這的確可以看作是一種職業病。「詞語暴君」[24]歐陽江河也許對此深有體會：

要是聽不到老虎，就只好去聽蟋蟀。
（歐陽江河：〈春之聲〉）

預先就在那裡的耳朵
樂隊悄然離去
星群在下
淚水擾亂著大地的喜悅
我已忘掉今夜，正當夜色溫柔
（歐陽江河：〈聆聽〉）

　　詞語如蟬或蟋蟀般的嗡鳴，不斷被淚水沖刷。歐陽江河的詩

23　[俄]娜傑日達·曼德施塔姆：〈職業和疾病〉，《曼德施塔姆夫人回憶錄》，劉文飛譯（桂林：廣西師範大學出版社，2013年），第78頁。
24　敬文東語。參見敬文東：〈從唯一之詞到任意一詞（下篇）——歐陽江河與新詩的詞語問題〉，常熟：《東吳學術》2018年第4期。

句總是「熱淚盈眶」，淚腺是詞語江河的出口，在每一個靈感密布的雨季毫無保留地洩洪。但，「眼淚的熱成分，被冰鎮起來了」（歐陽江河：〈笑的口供〉），就像韓少功筆下習慣了假哭的哭喪人[25]，早已喪失了流出真正淚水的能力。在談論歐陽江河的寫作時，敬文東指出：「詞語本該自有禁忌，因為人倫必有禁忌。」[26]對詞語的敬畏應當被看作是一種崇高的詩歌倫理。但慣性的構詞法使詩的生產變得太過容易，可以無限替換的「假詞」時常變幻出不同的面具，在不同的語境中現身。歐陽江河所說的「假詞」即是鐘鳴在〈籠子裡的鳥兒和外面的俄耳甫斯〉一文中提到的「熟詞」[27]，凡在1990年代前涉足詩壇的人很難逃離這些詞語的「耳蟲」。鐘鳴是較早警惕「耳蟲」的詩人之一。然而，使他避之不及的不是聒噪的「耳蟲」而是密探般的「聽蟲」、「耳人」。

在鐘鳴的自編詩集《把杆練習》所收錄的〈耳人〉的修訂注釋中，鐘鳴言及此詩是他與某人的絕交之作。〈耳人〉開篇所引的一段自白，譯自嵇康的〈與山巨源絕交書〉：「事雖不行，知足下故不知之。足下傍通，多可而少怪；吾直性狹中，多所不堪，偶與足下相知耳。」比起凝練晦澀、面無表情的文言表達，鐘鳴翻譯的白話文更能使人體味到複雜的情緒：失望中透露著無奈，苦悶中夾雜著輕蔑，劃清界限以明志，歸咎自身以自慰。一句「只是偶爾與你相識而已」，讓過去種種回憶都在故作輕描淡寫中消解，同時也暗

---

[25] 敬文東：〈從唯一之詞到任意一詞（下篇）——歐陽江河與新詩的詞語問題〉，常熟：《東吳學術》2018年第4期。

[26] 敬文東：〈從唯一之詞到任意一詞（下篇）——歐陽江河與新詩的詞語問題〉，常熟：《東吳學術》2018年第4期。

[27] 鐘鳴：〈籠子裡的鳥兒和外面的俄耳甫斯〉，《秋天的戲劇》（上海：學林出版社，2002年），第45頁。同時參閱敬文東：〈從唯一之詞到任意一詞（下篇）——歐陽江河與新詩的詞語問題〉，常熟：《東吳學術》2018年第4期。

含交友不慎、識人不善的悔意。鐘鳴補充道：「還有就是生活中常常發生這樣的事情，本來都是微言之物，但因妙人尋常傳述和不平常心理掛耳，便訛以為誤解，其實暗剿早始，余不知而已，雖言有衝突，而事有始末，長短有定數，故非誤會，遂也就有了山巨源一類。」[28]

〈耳人〉中塑造了一個「小矮人」的形象：「著紅衣」，「念咒語」，「手捉鸞刀」，「像密探一樣」。和蒲松齡筆下「貌獰惡如夜叉狀」的耳中人相似，這個「小矮人」雖有著輕盈的身姿、高超的話術，卻無心無腦、面目可憎，並且散發著充滿誘惑的危險氣息。他是四處打探祕密的告密者，捕捉每一聲竊竊私語，用以換取「一錠金子」、「一把鏽弓」。他不怕梟首、不怕愛情，怕的是「文字獄」、「是鬼神嫉妒算計的空祠，暗剿的故壘」。他鑽進皇帝的夢中，卻也難逃「伴君如伴虎」的厄運：

> 獎你一條小白腿，
> 奏你一片金箔，
> 然後再揭你的羊裘，
> 砍你的頭，銅鏡子，
> 玉蟾蜍，在棺材裡，
> 再為小小的死亡封侯。
> （鐘鳴：〈耳人〉）

「小矮人」可以看作鐘鳴詩歌中的一個「原型」形象，他以不

---

[28] 鐘鳴：〈耳人〉，《把杆練習》（未刊稿，2018年，成都）。

同的名字閃現於許多詩篇中：在〈將軍與密探〉中，他是讓將軍害怕的探子，「身揣暗箭，像團蜜」；在〈蹴鞠小考〉中，他是「與鑾輿結親，密告，審判」的「通姦兒郎」；他是吵鬧於詩篇中的麻雀，聒噪不休而見識短淺；也是受困於詩行間的胖子，臃腫不堪卻好大喜功。寄居於耳朵上的「耳人」從某種角度上看是聲音所孕育的精靈：「是聲音塑造了我們的耳朵，並在其上建立自己的展開方式。」[29]當視覺的覺察失效時，聽覺便會放大，引領人們關注到某些被忽視的細節。鐘鳴的詩歌也即如此通過感官的延伸，打開多層次的意義深處，剖露時代倫理的截面。

第三節：優語——虛實相生的界限

〈耳中優語〉是鐘鳴在1997年所作的組詩。對於這個歧義叢生的題目，至少可以做出三種解讀：其一，意指觀眾從舞臺上的伶人口中所聽到的戲謔臺詞；其二，指涉某種善言或逆耳忠言；其三，原本應在公眾場合高遏行雲的聲音在特殊的語境中不得不成為私密耳語，因此，「耳中優語」有時也是耳語的形式之一。優語，即優伶諧趣無稽、輕蔑嘲諷的言詞，伶人在舞臺之上插科打諢、嬉笑怒罵，其目的不僅在於逗樂觀眾、博君一笑，也是在譏諷現實，借助戲中的虛擬空間構造虛實相生的反環境。

在中國古典文學中，詩歌與戲劇之間存在著「剪不斷，理還亂」的淵源，彼此影響、相互借鑑，而將二者水乳交融、渾然一體的，莫過於元雜劇。鐘鳴寫於1993年的詩〈爾雅，釋君子于役〉便

---

[29] 一行：〈聲音〉，《詞的倫理》（上海：上海書店出版社，2007年），第193頁。

建立在元雜劇的基礎之上。此詩以繁複的聲部實現了文本與現實以及文本與歷史的共鳴。戲劇的元素使此詩打開了更為多元的時空維度。全詩最後一節只有一句，卻是點睛之筆——

　　花旦：還要不要生育呀？

　　在詩的結尾處粉墨登場的優伶，拖著悱惻纏綿的唱腔，道出略帶輕蔑實則深沉的真實，刺破聽者孤零零的心。詩中虛指的花旦形象在鐘鳴的另一首名為〈優伶〉的詩中得到了延伸。優伶指以樂舞諧戲為業的藝人，古時優伶善歌舞、通奏樂、會雜技，「以幽默滑稽的表演深得帝王歡心，成為帝王休閒享樂、祭祀祈福、歌功頌德的附庸」[30]，與此同時，優伶也在表演中伺機諫言於帝王和朝政。詞曲理論家任半塘認為：「自古優工所以敢執藝事以諫，上陵下，下則刺上者，正來其勇於悖『聖言』，斥『儒訓』，臨深若平，履薄若厚，當口則口，當身則身，不顧利鈍，不患得失耳。」[31]社會學家潘光旦則肯定優伶對於普通民眾智識也具有重要貢獻，他在〈中國伶人血緣之研究〉一文中談到：「一般民眾所有的一些歷史智識，以及此種智識所維持著的一些民族的意識，是全部從說書先生、從大鼓師、從遊方的戲劇班子得來的，而戲班子的貢獻尤其是來得大，因為一樣敘述一件故事，終究是『讀不如講，講不入演』。」[32]因此，傳統的戲劇不僅具有藝術價值，也關照社會倫理與世道人心，擔當著一定的道德教化功能。而優伶作為戲劇的載

---

[30]　孟明娟：〈古代優伶諫言的社會功能〉，北京：《中國社會科學報》2016年6月6日。
[31]　任中敏：〈弁言〉，《優語集》（南京：鳳凰出版社，2013年），第2頁。
[32]　潘光旦：〈中國伶人血緣之研究〉，《潘光旦文集》第2卷（北京：北京大學出版社，1994年），第89頁。

體，吐露發自肺腑的優語，向上諷諫，向下教化，集一時代倫理之
大成。

和鐘鳴後期的更為繁複的寫作相比，〈優伶〉一詩的反諷相
對直白，藉優伶之口，在嬉笑怒罵間，冷嘲熱諷著文壇中念「圖書
館的索引」、只會「耍嘴殼子」的濫竽充數者；譏笑蔑棄著追趕潮
流、四處「採氣」[33]、玩弄語言遊戲的「詩丐」們。優伶以調笑的
話語說出善意的批評，絕不撒謊詿人，讓赤裸的現實充盈聽者的
耳朵——

> 麻雀耍嘴殼子，並不念書。
> 他們念的是圖書館的索引。
> 上的是天堂的速成班，攝著
>
> 一堆鳥糞。沒經過消化。
> 人的理解力證明了什麼？
> ——那是大自然的聽力，
> 物質和葉簇的喧嘩和鞭刑。
> （鐘鳴：〈優伶〉）

敏銳的優伶與詩人借助大自然的聽力探尋自身的理解力。萬物

---

[33] 鐘鳴認為：「採氣分三種：一則採了，蕩漾出新生，知恩戴德，青出於藍勝於藍，
最該鼓掌，即使被新的天才踩入甕中也值得，這是『正道』；一則在原型上改變策
略，方法，敷衍出去，少花些勞動，這是『中道』，可以理解；一則就是『下三
流』——也就是乾脆把別人作品當汽車零件拆了，而又不太像新牌子，新生命，再
綴條血路，闖出真正的領域，只增加數量，並不真正改變品質，那中國的文學便還
是沒救。」鐘鳴：〈跋〉，《畜界，人界》，前揭，第411頁。百年中國新詩史中，
堅持「正道」者屈指可數，只徒增數量的作品恐怕占多數。

的聲音如鞭刑帶來身體的疼痛，重啟麻木的感官。蘇珊‧桑塔格認為：「美的準則的耗損，既有道德上的，也有感知上的。」[34]反推之，啟用敏感的覺知，彌補道德的缺憾，便能在一定程度上重建美學的準則。在噤聲與喧嘩並存的強人時代，面對麻雀的聒噪、胖子的誇口以及耳人播散的謠言，成為洞察萬物的旁觀者而非舞臺上嬉笑怒罵的優伶，是鐘鳴以其詩歌做出的倫理抉擇。在鐘鳴的文本語境中，詩歌文本與表演舞臺同構，詩人與優伶重合，以「優語般的詩歌」或「如詩的優語」抵抗語言暴力，建立詩歌倫理的準則乃至明晰詩歌表達的界限。

---

[34] [美]蘇珊‧桑塔格：《論攝影》，前揭，第106頁。

下篇
旁觀

第三章：魚眼鏡頭
──詩歌倫理的建構與核心

　　蘇珊·桑塔格認為：「相機開始複製世界的時候，也正是人類的風景開始以令人眩暈的速度發生變化之際：當無數的生物生活形式和社會生活形式在極短的時間內逐漸被摧毀的時候，一種裝置應運而生，記錄正在消失的事物。」[1]對於擅長發現風景的旁觀者而言，相機是他們觀察世界的絕佳夥伴。照片這一媒介作為人們視覺和神經系統的延伸，截取了時間洪流的某一時刻並將其分離出來，「把過去變成被溫柔地注目的對象，通過凝視過去時產生的籠統化的感染力來擾亂道德分野和取消歷史判斷」[2]。從這個角度來看，攝影術和倫理密切相關。鐘鳴的〈在魚眼鏡頭的觀察下〉描摹了旁觀者透過相機的鏡頭觀察日常風景時的思考，從他個人的攝影經驗出發，以求獲取時代倫理的全景圖像。

　　魚眼鏡頭是一種極端的超廣角鏡頭，能使鏡頭達到最大的攝影視角，超出人眼所能觀看的範圍。對於旁觀者而言，這樣的鏡頭是不可或缺的。攝影機的鏡頭是眼睛的延伸，最大程度地擴大了視覺的範圍，儘管呈現的影像在某種程度上發生了變形，但卻更為全面而清楚，詩中的風景、經驗與詞語也在不斷地變形與延伸中變得更

---

[1]　[美]蘇珊·桑塔格：《論攝影》，前揭，第22頁。
[2]　[美]蘇珊·桑塔格：《論攝影》，前揭，第79頁。

为清晰——

> 有的東西尖叫著變了樣
> 有的卻被黑暗喚醒
> 比如蹲在樓角的一隻貓
> 樣子有點像布勒松
> （鐘鳴：〈在魚眼鏡頭的觀察下〉）

　　在魚眼鏡頭下，畫面會成像為圓形，畫面中的景物近大遠小，前景畸變，景深延長，造成具有衝擊力的視覺效果。摘下鏡頭蓋，魚眼鏡頭從黑暗中被喚醒，鏡頭中的事物扭曲變形——比如蹲在樓角的貓，鐘鳴覺得他變得有點像法國攝影家布勒松（Henri Cartier-Bresson）。布勒松是寫實主義的攝影大師，他的鏡頭常常聚焦於都市街頭的生活場景，巧妙捕捉照片中人們的動作與神情，在光線、形體與表達力的結合中，以簡練而敏銳的視覺語言感受並記錄著現實。在鐘鳴看來，布勒松的照片具有一種下墜和反衝刺的張力，「與其說他給人類難忘的圖像，倒不如說給了陰影——我們生活中的一種特別知識」[3]。蘇珊・桑塔格認為：「照片之無所不在對我們的倫理感受力有著無可估量的影響。攝影通過以一個複製的影像世界來裝飾這個已經擁擠不堪的世界，使我們覺得世界比它實際上的樣了更容易為我們所理解。」[4]在圖像過剩的時代，先驅者布勒松早已通過鏡頭語言展現了他對於時代敏捷的觀察力，而鏡頭承載著他延伸的視覺：「那是游動著的第三隻眼／用它來觀察分裂的城

---

[3]　鐘鳴：《旁觀者》，前揭，第86頁。
[4]　[美]蘇珊・桑塔格：《論攝影》，前揭，第30頁。

市和房屋」（鐘鳴：〈在魚眼鏡頭的觀察下〉）。張棗在〈大地之歌〉中寫道：「鶴之眼：裡面儲存了多少張有待沖洗的底片啊！」張棗筆下的「鶴之眼」與「游動著的第三隻眼」相似，都將視線聚焦於城市，仰仗幻覺而把握真實。透過旁觀者的魚眼鏡頭：

> 在城市被彎曲後更像廢棄的空間
> 孤獨的人，總是用魚眼看灰幕後
> 一把掃帚，黯淡的光線搭起戲臺
> 一頂帽子，一對乳房，下頜光潔的人
>
> 行色匆匆，被更緩慢的東西拽住
> 這就是被瞳孔籠罩後的日常事物
> 雖然，並不像過去那樣敏感
> 但卻占據了我們的視線
> （鐘鳴：〈在魚眼鏡頭的觀察下〉）

在麥克盧漢看來：「照相術表現自然景物的力量遠遠超越了顏料和語言描繪自然景物的力量，因此它產生了一種逆反的效果。」[5] 攝影術賦予物體自我成像和「不用句法表述」的方式，使人們認識到人與世界之間非視覺關係的存在，因此，攝影術的發展為詩人和畫家探索人的心靈景觀鋪平了道路。在鐘鳴看來，詩和攝影，媒介不同，相似性也只在感受方面，一首好詩和一張攝影佳作，帶給人們的感受、聯想相近。他意識到攝影也許比詩歌具有更

5　[加]馬歇爾・麥克盧漢：《理解媒介：論人的延伸（55週年增訂本）》，前揭，第248頁。

豐富的隱喻性，並關注於攝影和詩的互補性。他的隨筆集《塗鴉手記》就是攝影和文字合璧的嘗試。這部裝幀精美的文集分為上下兩篇，上篇「紙寬」收錄隨筆；下篇「牆窄」則是攝影集。紙與牆，為塗鴉提供了空間。寫作和攝影是鐘鳴塗鴉的兩種方式，雖然媒介不同，視野不同，卻在大眾文化的內爆中起到了同樣重要的作用。相對晚近的攝影作為「看的藝術」，存儲著旁觀者的倫理底片：「這種看，不光是眼睛的延伸，更重要的是精神之延伸，即布勒松所言：事實並不見得有趣，看事實的觀點才重要。」[6]

第一節：建構的主體——旁觀者與徒步者

　　作為詩歌倫理建構的主體，詩人和攝影師一樣，同時具有旁觀者和徒步者的身份。不過，旁觀者一度是貶義詞。中國現代文學史上最典型的旁觀者形象便是魯迅所深惡痛絕的「看客」——《示眾》中圍觀行刑的各色人等、《藥》中吃人血饅頭的村野愚民、《孔乙己》中聚集於咸亨酒店的短衫食客、《祝福》中嘲弄祥林嫂悲慘命運的魯鎮人……，魯迅的小說冷峻辛辣，富有批判性與諷刺性。他的寫作倫理是「反道德」的，他將舊社會的仁義道德視為道貌岸然者的面具，並在小說一針見血的刻畫中將偽善者的真實面貌曝光。因憎惡社會旁觀者之多，魯迅寫下了一篇批判看客的散文詩〈復仇〉。詩中，路人們或者看客們，從四面奔來，要賞鑑對立於曠野的二人的擁抱或殺戮。可這二人久久佇立於此，毫不見擁抱或殺戮之意，使路人們感到無聊、「乾枯到失了生趣」，他們倆則

6　轉引自鐘鳴：《塗鴉手記》，前揭，第315頁。

「以死人似的眼光，賞鑑這路人們的乾枯，無血的大戮，而永遠沉浸於生命的飛揚的極致的大歡喜中」[7]。在這場復仇中，看客最終成為了被看者，而曠野中心投射出冷嘲的眼神，將帶來一場對旁觀者的精神屠戮。多年以後，這種眼神重現在鐘鳴的詩歌中，並被安頓在了一隻雪中鹿的身上：

> 為了躲避冷箭渾身都睜開眼睛
> 對於夜晚和清晨之間那些
> 神奇的觀賞者和冷酷的獵鹿人
> 牠們的舉止含混，一身是雪
> 這些形狀特有的一種寒冷你看不見
> （鐘鳴：〈鹿，雪〉）

　　鹿身的花紋被描寫成一雙雙眼睛，寫出了鹿群感到危險時戒備的姿態，同時，呈現出自於「看」與「被看」之間寒冷、寂靜甚至令人恐懼的某種張力。鹿與觀鹿者彼此凝視，以有形或無形的眼睛。看不見的寒冷營造了一個寂靜且緊張的空間，在旁觀者視覺之外的恐懼侵襲著詩人所有的感官。鐘鳴認為，〈鹿，雪〉是他第一首被別人認為成功的詩作。這首詩的題目包含兩個意象：鹿，孤高冷傲、優雅且神祕；雪，皎潔凜冽，安靜且空曠。二者之間以逗號隔開，讓目光和聲音短暫的停頓，在閱讀者的腦海中構成一幅唯美的冬日風景畫。詩的題目中沒有任何贅餘的修飾，僅用兩個名詞就營造了一種寂靜、緊張且清冷的氣氛。而鹿意象在漢語語境中具有

---

[7]　魯迅：〈復仇〉，《野草》（南京：江蘇鳳凰文藝出版社，2017年），第19頁。

倫理的內涵。鹿意象最早出現在《詩經》當中，《小雅・鹿鳴》以鹿起興，隱喻仁義，儒家的某些倫理道德寄寓於溫柔敦厚的「鹿」形象之中；鹿在山野中自由漫步，與同伴友好不爭，因此也成為道家尊崇的瑞獸，李白的「且放白鹿青崖間，須行即騎訪名山」就表達了這樣一種自在逍遙、無所拘束的隱逸情懷。這首詩所富有的輕逸和靈動是鐘鳴詩中較為少見的特質，旁觀者擅長的冷笑與「狂喜」[8]在此詩中不見蹤跡，而悲哀的餘味卻在驟然結束的音節中變得深長。據鐘鳴透露，此詩的靈感來源於某部電影的一幀畫面，當觀影者的眼神穿過螢幕抵達虛構的真實，一種看不見的寒冷侵入詩的骨髓。詩中人稱代詞「你」指電影中的觀鹿人（甚或獵鹿人），也指螢幕外的觀眾，使他們視線交會的凝視點將二者融為一體。而作為一位心思敏感的觀眾，人稱代詞「你」顯然也包含了詩人自己。於是，我們看到，詩的開篇鐘鳴便開始反問自己：

　　　你還在怨述什麼，你的眼光觸及後
　　　它們就再不結對成群地逡巡雪地
　　　你究竟在抱怨誰，因為一成不變
　　　你才喪失了目光，記憶，野獸也懼怕的

　　　密室裡的惟一火源和冬天的精神
　　　它們的一句話在空氣裡就能敗壞你

---

[8] 詩人王寅曾如此形容鐘鳴：「激情的旋風，問題的中心，肝膽的汁液，幻想的器官，抒情的小號，狂熱的修辭主義者，這是狂喜的鐘鳴，也是悲哀的鐘鳴，他比我們每一個人都更為自覺地肩起時代的主題。鐘鳴無疑是他所有的傑作中最重要的傑作。」王寅：〈狂喜與悲哀〉，《畜界，人界》，鐘鳴著（北京：東方出版社，1995年），第17頁。

你的嫉妒，恨，都沒有用，這些

彷彿是風暴留下的空餘時間和恩遇

（鐘鳴：〈鹿，雪〉）

怨述、抱怨、嫉妒、恨，這些詞語如濃墨滴入江河，沉沉墜落，擴散些許漣漪，繼而漸漸溶解，飄散，直至消失在翻湧的波濤。觀看者（也可看作是旁觀者）的不滿情緒便是如此在重複與否定中呈現在詩行之間。當旁觀者的目光觸及鹿群，牠們敏銳地覺察到危險，不再結伴而行。在茫茫的雪地，飄忽的雪花間，月色映照的絨角彷彿一種「高貴的祕密」，讓雪中的鹿群更加神聖、寂靜。在鐘鳴的語境中，旁觀者早已不再是魯迅筆下麻木冷漠的愚昧看客，而更像是魯迅一般冷峻的觀察者。但面對寂靜的中心，無論是冷漠還是冷峻的眼神，都將在雪花飛揚的極致中失效。

　　旁觀意味著關注的密切。恰如莎士比亞（William Shakespeare）所說：「什麼事情都逃不過旁觀者的冷眼，淵深莫測的海底也可以量度得到，潛藏在心頭的思想也會被人猜中。」[9]旁觀者的雙眸掃視著每一個角落，在鞋底尋找真理，不放過一粒塵埃，為行色匆匆的靈魂拍下快照。旁觀也意味著關係的疏離。在置身事外的旁觀者看來，「每疏遠一種關係，就添一分自然和自由」（鐘鳴：〈關係〉）。繁雜的關係如同束縛自由的網，每割斷一種關係，就多得一絲解放。人際的生疏，帶來靈魂的自在，比起熟人關係的禁錮感，旁觀者們覺得陌生人更為親切：

9　[英]莎士比亞：《特洛埃圍城記》，朱生豪譯（北京：中國青年出版社，2014年），第97頁。

2

2　耳語與旁觀——鐘鳴的詩歌倫理

越陌生越親切，親切的臉變灰，就像動物標本。

你隨便給我重複一條今天的新聞，陌生人——

（鐘鳴〈陌生人軼事〉）

　　旁觀者永遠關注事物的內面而對外部漠不關心，儘管他常常被誤解為懷著呆頭呆腦的好奇心來觀景和看熱鬧的人[10]。柄谷行人認為：「只有在對周圍外部的東西沒有關心的『內在的人』（inner man）那裡，風景才能得以發現。風景乃是被無視『外部』的人發現的。」[11]疏離外部世界而心懷熱忱的旁觀者無疑是真正的「內在的人」，在徒步漫遊的旅途中，旁觀者以延伸的視覺發現日常的風景。寫下〈徒步者箴言〉的鐘鳴對發現風景的旅途深有體會——「徒步者唯一不能穿越的便是靈魂的邊界」[12]。徒步者是行走的旁觀者。在物理學家看來，「整個不動的人所得到的空間感覺只是有限的、具有個人位置的和相對於他自己的身體定向的，移動和變更定向時發生的空間感覺則具有規則性和不可窮盡性的特點」[13]。因而，徒步者擁有更為廣闊更為全面的空間感覺。

　　最著名的徒步者莫過於班雅明筆下漫遊巴黎的閒逛者[14]，閒逛

10　參見[蘇]維克托・涅克拉索夫：《旁觀者隨筆》，谷啟珍、盧康華譯（上海：上海譯文出版社，1981年），第1-2頁。

11　[日]柄谷行人：《日本現代文學的起源》，趙京華譯（北京：中央編譯出版社，2017年），第19頁。

12　鐘鳴：〈徒步者箴言〉，《秋天的戲劇》，第173頁。

13　[奧]馬赫：《感覺的分析》，洪謙、唐鉞、梁志學譯（北京：商務印書館，2017年），第156頁。

14　「閒逛者扮演著市場守望者的角色。因此他也是人群的探索者。這個投身人群的人被人群所陶醉，同時產生一種非常特殊的幻覺：這個人自鳴得意的是，看著被人群裏挾著的過路人，他能準確地將他歸類，看穿其靈魂的隱蔽之處——而這一切僅僅憑藉其外表。」[德]瓦爾特・班雅明：《巴黎，19世紀的首都》，劉北成譯（上海：上海人民出版社，2006年），第49頁。

者把悠閒表現為一種個性，並以此抗議勞動分工把人們異化為工具。他們的行走隨心所欲，漫無目的，舒緩而愜意，他們的視線掃描城市的每個角落，旁觀所有奔波的靈魂。《巴黎，19世紀的首都》一書中描寫了這樣一個細節：「在1840年前後，一度流行帶著烏龜在拱廊裡散步。閒逛者喜歡跟著烏龜的速度散步。如果他們能夠隨心所欲，社會進步就不得不來適應這種節奏了。」[15]儘管這種態度沒有流行開來，但真正的旁觀者已經從烏龜的步幅中找到了自己的速度。鐘鳴的視線關注到了和烏龜一樣以緩慢爬行著稱的蝸牛，並向他的這位小小的旁觀者盟友致敬：

> 掌握了它，就掌握了時間。
> 由於地球中緩慢的礦物質，
> 我本不能容忍黑暗，但是，
> 在見了蝸牛稀軟的痕跡後，
>
> 我便能忍受更沒有設計的黑暗，
> 並給自己留一個更荒涼的位置，
> 聽任孩子們在外面一陣的瘋跑，
> 聽任蒼蠅像主教一樣布道撒謊。
> （鐘鳴：〈蝸牛慢行記〉）

耳朵小、鼻子短的蝸牛「聽不見汽車大聲轟鳴／也不聞麻雀們的臭味」，卻能看見「鳥兒無聲地墜落」，「嗅出一杯千愁那

---

15 ［德］瓦爾特‧班雅明：《巴黎，19世紀的首都》，前揭，第116頁。

銷魂的情緒」，正如旁觀者漠然於外部的喧囂，直接看穿隱蔽的靈魂。蝸牛是旁觀者中的「無冕之王」，牠背負狹小的家宅，拖著柔軟的軀體，在地圖上環遊世界，在書中掌握真理，並在他探索的路程留下濕潤的痕跡。正如詩人背負著語言（「語詞是微小的家宅」[16]），渺小卻自由地行走於廣袤的大地：沒有邊界的風景之中。詩歌的倫理正如蝸牛的慢行。比起狂飛無度的蝴蝶，緩慢的蝸牛更能坦然地拋棄「輕而易得的勝局」，獲得真正的自由，而非蝴蝶般在牢獄般的玻璃匣中莽撞翻飛。〈著急的蝴蝶〉一詩暗示了蝴蝶危險的結局：「觸點以外的那種進食方式／形同烏有，而語言／在大記憶的退卻中／猶如燈狀管狀時隱時現」。翟永明回憶白夜往事時談到，1998年，鐘鳴耗時五年完成《旁觀者》之時，常寫快詩的柏樺為剛剛出生的兒子取名為柏慢。「表面看起來，從生理上和寫作上，對於1950年代出生的人，那都是一個『慢』的時代。」[17]世紀末的緩慢是珍貴的，千禧年後，新世紀迅猛發展如疾飛的蝴蝶。街道上的人們愈漸行色匆匆，罕有閒逛者的優雅踱步；人們失去慢工細活的耐心，速食般的文化占據主流；社會在前進，而記憶在退卻。《中國雜技：硬椅子》一書的自序中，鐘鳴寫道：「我對卡夫卡的箴言心領神會：『人類有兩大主罪，所有其他罪惡均和其有關，那就是：缺乏耐心和漫不經心。由於缺乏耐心，他們被逐出天堂；由於漫不經心，它們無法回去。也許只有一個主罪：缺乏耐心。由於缺乏耐心，他們被驅逐，由於缺乏耐心，他們回不去。』但在我們的詩歌中，被喝彩的是一蹴而就和不擇手段即刻具有破壞

---

[16] ［法］加斯東・巴什拉：《空間的詩學》，前揭，第188頁。

[17] 翟永明：〈白夜往事〉，《與神話：第三代人批評與自我批評》，萬夏主編（北京：中華工商聯合出版社，2014年），第161頁。

性的效果，而遭到諷刺最屬害的則是倫理學，這點值得深思。」[18]
追求速度的時代最缺乏的便是耐心，因而在鐘鳴的詩歌倫理中，慢
是最可貴的品質。但慢並不和詩歌本身的迅疾相悖，也不代表冗長
繁雜。對於大多數詩人而言，如何在緩慢的覺察中生成詩意仍是一
種考驗。難怪柏樺面對「萬古愁」的難題時發出如此的感歎：「真
慢呀，成為另一個詩人。」（柏樺：〈為你消得萬古愁〉）

第二節：輿地詩學的建構

地理學史的研究者傑佛瑞・馬丁（Martin G. J.）認為，在世界
地理學思想史上，「1859年是一個重要的分界線」[19]。津津樂道於
歷史地理的詩人鐘鳴，也對這個特殊的年份心領神會，他在〈垓下
誦史〉一詩的開篇如此寫道：

> 一八五九年，我們的兩隻耳朵突然豎起在
> 貝格爾號的船板上，舌頭跟海一樣寬，一樣鹹。
> （鐘鳴：〈垓下誦史〉）

跟隨地理大發現的航程，自然與歷史的風景不斷被抽象成極具
空間異質性（spatial heterogeneity）和地理多樣性（geodiversity）的

---

[18] 鐘鳴：〈自序・詩之疏〉，《中國雜技：硬椅子》，前揭，第12-13頁。
[19] [美]傑佛瑞・馬丁：《所有可能的世界：地理學思想史》，成一農、王雪梅譯（上海：上海人民出版社，2008年），第3頁。在此書中，傑佛瑞・馬丁將地理學思想史劃分為兩個時期，其中，從地理學思想的朦朧時代到1859年為古典時期，1859年，古典時期最為卓越的地理學家亞歷山大・馮・洪堡（Alexander von Humboldt）和卡爾・李特爾（Carl Ritter）都在這一年去世；同時，這一年，近代地理學區域學派的創始人阿爾佛雷德・赫特納（Alfred Hettner）出生，達爾文（Darwin）的《物種起源》（Oringin of Species）一書出版。

詞語。這些詞語富有詩意的想像力，在對遠古生物與自然奧祕的猜想中，人們豎起雙耳，諦聽它們頗具美感的音節，又藉海水般的舌頭發出洋洋盈耳的聲響。時間如利刃，將整個地球切割，透過它的切面，世界各地的差異毫無保留地呈現出來。在相對而非絕對的視角上如實地記錄這些差異，正是地理學的任務。顯然，「一八五九年」，便是鐘鳴所選取的透視倫理的切口，他以地理學家般的觀察力來呈現世界和時代的橫截面。

在他構造的文本空間中，地名密集地出現：「非洲人捏的麵包圈」、「亞洲的土窯子」、「瑞典寡婦」、「歐亞大陸的棉貨」、「祕密的西印度」、「菲律賓的檳榔」、「西北坡的考古」、「愛丁堡整座大樓」、「密西西比河」……，僅前兩小節，就出現了九處地名描寫。每一個地名都指向其背後的地理學，無論自然的抑或人文的，客觀的又或者不可避免地帶有偏見的。在詩歌中，大量出現此類專有名詞是危險的，因為每一處描寫都包含了巨大的信息量——沒有一個詞語是輕飄飄的，每一個地名都在詩行間增添了負重。這些地名涵蓋的典故並非「掉書袋」般簡單羅列，而是經由詩人的巧妙編織，形成了一張細密的網，緊緊包裹著詩人鐘鳴作為歷史旁觀者所秉持的倫理精神。現代歷史的進程伴隨著對差異性的泯滅，正如麥克盧漢的預見：「由於電力使地球縮小，我們這個地球只不過是一個小小的村落。」[20]因而，地理體現的多樣性和特殊性尤為難能可貴。藉區域的特性而展開的詩意也因此變得更加富有層次和質感。

在鐘鳴看來，地理與詩在詞源上頗有淵源。「Geographica」

20　[加拿大]馬歇爾・麥克盧漢：《理解媒介・論人的延伸》，何道寬譯（南京：譯林出版社，2011年），第5頁。

（地理學／地理志）一詞源於希臘文的「ge」和「grapho」，字義為「地球」和「我寫」，在《塗鴉手記》中鐘鳴將它闡釋為「關於地球的塗鴉和描述」[21]。塗鴉或描述地球——這不僅是《塗鴉手記》一書的野心，也是貫穿於鐘鳴全部寫作的抱負。以此為基礎延伸而來的輿地詩學，不僅呈現於鐘鳴的詩歌中，也成為他詩歌批評的一個關鍵概念。比如，在談論海子的自殺與詩歌時，鐘鳴獨具匠心地指出海子要以不同的輿地身份和態度來應付他所生活、往返的兩個氣氛截然不同的區域，因而陷入敏感與羞澀，甚至落荒而逃[22]。這種獨特的視角恰恰彰顯了鐘鳴的詩歌倫理與輿地詩學，如布羅斯基所說——以地理為詩歌伸張正義[23]。

在詩人鐘鳴「塗鴉地球」的大業中，高頻出現的「外省」（provincial）一詞是勾連起倫理與地理的最佳例證。「外省」指首都之外的區域，作為一個相對性的概念，它不僅僅是地理名詞，也具有文學和文化層面的內涵。鐘鳴詩歌中所提及的「外省」深受漢譯法國文學及俄蘇文學的影響。在法國，大都市巴黎之外的區域稱為外省，在俄語中則指雙都莫斯科、彼得堡之外的地方。「外省」概念的提出造就了一個「首都—外省」的參照系，突出了「外省」所具有的某種特質，這些特質或習氣往往意味著閉塞、平庸、過時甚至麻木、野蠻，靈魂空洞。因此，外省處於一種邊緣位置，不僅是空間意義上的，也是風俗、意識與倫理層面的。

---

[21] 鐘鳴：《塗鴉手記》（上海：上海人民出版社，2009年），第10頁。同時參閱曹夢琰：〈恍惚與界限之間的身體——鐘鳴論〉，桂林：《廣西師範學院學報（哲學社會科學版）》2016年第3期。

[22] 鐘鳴：〈關城堡，中間地帶〉，《我們這一代》，東蕩子詩歌獎評論集，黃禮孩主編，2015年，第62-64頁。

[23] [美]約瑟夫·布羅斯基：〈受獎演說〉，《從彼得堡到斯德哥爾摩》，王希蘇、常暉譯（桂林：瀧江出版社，1990年），第546頁。

正所謂天高皇帝遠，遠離政治中心的外省在密不透風的封閉空間內部，單調持久地延續著因循守舊的地方倫理。久居四川盆地的李劼人是外省作家的代表。1936年，老舍在北京發表《駱駝祥子》，蕭軍在上海發表《第三代》，身處文化中心的他們憑藉小說聲名鵲起，而同一年，在成都孤身進行文學活動的李劼人出版了小說《死水微瀾》，這部小說和它的名字一樣，只在當時的文壇上激蕩起微弱的漣漪。久居外省，遠離中心，成為李劼人的創作一度被埋沒的主要原因[24]。《死水微瀾》暗示了一種外省氣質——當中心區域已經風起雲湧，翻江倒海，外省仍是與世隔絕，死水微瀾。當然，在波瀾起伏的時代，封閉的外省也漸漸被席捲進歷史的洪流，李劼人的《大波》三部曲，從「死水微瀾」到「軒然大波」呈現出近代中國的倫理變遷史。三部長篇小說都敘述了不倫戀情，政治與革命的風起雲湧只是故事的底色，倫理也僅僅是小說書寫的維度之一，但傑出的小說必然摒除了先驗的倫理觀念，以「旁觀者」的身份去關懷現實，呈現真實的人性。同樣生活在四川成都外省詩人的鐘鳴和李劼人有許多相似之處，比如成就與名聲的不對等，比如對文壇中心的疏離，比如作為傑出旁觀者的觀察力等等。儘管時代遙隔、文體相異、二者自身的文學倫理以及在作品中顯露的倫理意識也不同，但作為外省作家對外省的「愛之深責之切」卻如出一轍——既要疏遠來自政治中心施加的壓力，也要抵抗本土的黑暗勢力。

　　「外省」泛指遠離中心、意識閉塞的地方，在鐘鳴具有反諷意味的詩歌中，「外省」是一個平庸、荒誕、滯後相近的形容詞，

---

[24]　參閱[日]竹內實：《埋沒的作家》，蕭崇素譯，王嘉陵述，《李劼人研究2007》（成都：巴蜀書社，2008年），第460頁。

或與邊緣、鄉下甚至窮山惡水相近的名詞。諸如，諷刺網路時代鋪天蓋地的垃圾資訊：「又讀『終銷一國破』，每天，我們都在發布／外省的消息，而要知道多少壞消息，才能／熨帖一日內心那真實的貧賤，或沒有真實。」（鐘鳴：〈發布王〉）或者，警惕幻想與「時代健忘症」：「待在外省，還能守住寂寞？」（鐘鳴：〈儺〉）又或者，在經歷漫長等待後的無奈自嘲：「你真正的臉就是外省那不斷膨脹的灰色肖像。」（鐘鳴：〈等待〉）〈枯魚〉中，鐘鳴戲謔地將南北方的詩人比作魚：「南邊的一條魚在粗糙地遊說和吐泡沫，／北邊一條魚則擔心外省的風吹草動。」北邊顯然指作為文學中心的首都，南北魚兒之間的互動與掛心，巧妙地點出了北京與外省詩歌之間的微妙關係[25]。在批評家張清華看來，儘管有些以偏概全，但若要刻意觀察「北京和外省」這樣兩個地理概念，也可在詩歌寫作上發現細微差別：「如果說外省的詩人可能更注重抒情或者寫作的道義性擔當，那麼北京的詩人在我看來則最注重形式的實驗與探求；如果說外省的詩人們有更多『前現代的焦慮』與精神性追求的話，那麼北京的詩人則有更多『後現代的智性』與技術趣味。」[26]這樣的區分雖然籠統，卻道出了外省詩人對詩歌倫理更為狂熱的追求。

「外省」在鐘鳴的一些詩中特指其家鄉成都。這樣的詩往往與記憶相關，並具有一定的抒情性。比如，頌揚成都考古出土的天府石犀——「這整個地區和外省正浸泡在夏季冒牌的黑水當中」

---

[25] 《旁觀者》中，鐘鳴直言：「北京詩人在談外省詩人時，喜歡加以限定——比如四川詩人鐘鳴，而對來自外省的靈感，隻字不提，他們那呆滯而笨重的風格，靠什麼轉換呢，難道我們沒有觀察。」鐘鳴：《旁觀者》，前揭，第807頁。

[26] 張清華：〈經驗轉移‧詩歌地理‧底層問題——觀察當前詩歌的三個角度〉，長春：《文藝爭鳴》2008年第6期。

（鐘鳴：〈石犀頌〉）；感慨成都悅來古鎮的冷師長舊宅——「沒有啊，這可是『外省』，宰殺一貫慷慨。」（鐘鳴：〈冷師長的紫荊〉）或者回憶少年時代的家鄉風景——「少年共君夏，超自然的蛺蝶體態舒適，／白茅裏挾外省像魚筌競相污染遞給誰？」（鐘鳴：〈習學記言〉）在清醒的抒情中，鐘鳴以風景自然化寫風氣人倫，穿梭於歷史與現實，極具思辨性。此外，鐘鳴詩中還常常借用外國文學中的「外省」典故，以互文性拓展文本空間。比如以杜思妥也夫斯基小說《女房東》的主人翁名字為題的詩作〈珂丁諾夫〉中譏歡道：「回首再看『外省』，真是神貴古昔，驥賤同時啊！」與英國黑色劇情電影同名的《猜火車》中則反諷曰：「我們掩目捕雀猜每年的貨幣和瑞典的外省消息。」借用莎翁悲劇題名的〈科利奧蘭納斯〉中寫道：「到處都是用羅馬的『肚皮哲學』含糊劃圈子，／外省的軀體叛變了，那只是一個誇誕的假設。」〈紅鬍子〉中如此則描述畫家達利的鬍子：「像巴黎的一張祕密地圖／要用外省的服裝來陪襯」……俄羅斯文學中，「外省」除實際空間意義外，還具有象徵意義。比如契訶夫的文學作品中，外省之城的名字一貫不被提及，彷彿「外省」一詞與一個獨一無二的名字就是不可相容的[27]。因為「外省」象徵著從一座城到無數城所具有的相似面貌，在空間意義上獲得無限的延展性和重複性，各種各樣的庸俗生活形態置於這個名為「外省」的空殼，而這個外殼包裹著無孔不入的生活的瑣屑、淺薄、無聊及無趣。和契訶夫筆下的「外省」相比，鐘鳴筆下的「外省」蛻去平庸的外殼，更加精明、靈巧，充滿

---

[27] 參閱荀波淼：〈契訶夫文學創作中的「外省」〉，北京：《中國俄語教學》2017年第2期。

神祕主義，「喜歡意外效果，而終究墨守成規」[28]。勾連地理與倫理的「外省」意象已然勾勒出鐘鳴的輿地詩學的大致輪廓，而輿地詩學的核心則在於鐘鳴所宣導的「南方詩歌」或「南方精神」。

第三節：輿地詩學的核心——南方精神

「誰真正認識南方呢？」發問者鐘鳴如此描述南方人的特徵：熱血好動、喜歡精緻的事物、熱衷於神祕主義和革命、好私蓄卻重義氣、固執冥頑卻多愁善感、生活頹靡而精神崇高、崇尚個人卻離不開朋黨……，在他看來，南方籠罩於自己的雙重性，羈於自我矛盾和虛無主義的宿命論之中，以消極活力滋潤一切[29]。儘管他常常高談闊論、聲如洪鐘，卻認為「自己內心孤獨羞怯無比」[30]，具有「根深蒂固的南方化的靦腆和冒險精神」。靦腆和冒險看似相悖，但在「南方化」這一具有雙重性的修飾之下，足以復現一幅立體的面孔——比如有著琥珀色瞳孔與高挺鼻樑的羽林郎：

> 北方有佳人，南方有羽林郎。
> 羽林郎，莫太失望，浮雲片片，
> 正好作你故鄉，你藏在豆子裡，
> 挨著灰手兩隻，一別如雨！
> （鐘鳴：〈羽林郎〉）

---

[28] 鐘鳴：《旁觀者》，前揭，第807頁。
[29] 鐘鳴：《旁觀者》，前揭，第807頁。
[30] 王寅：〈狂喜與悲哀〉，《畜界，人界》，鐘鳴著（北京：東方出版社，1995年），第13頁。

這首詩有多種解讀，我傾向於將羽林郎是看作南方詩學的化身。北方詩歌如佳人，傾國傾城，卻帶有「不可勝用的經世之想」[31]，雖帶有「朦朧」的面紗（詩的形式），卻遮掩不住直接的美麗（詩意的直白）——這便是南方的「羽林郎」深感失望之所在。之所以強調南方是因為南北之間存在諸多差異。依據地理環境論的觀點，地理環境影響著人類歷史的進程，海拔、地形、氣候、土壤、海岸線等地理條件的不同造就了各個區域社會制度、風俗倫理以及文明進化程度上的差異。縱觀中國歷史，可見南北方的風俗具有極大差別，梁任公將其概括為：「北俊南孊，北肅南舒，北強南秀，北僿南華。」[32]自古燕趙多慷慨悲歌之士，吳楚多放誕纖麗之文，在文學方面，南北方的風格和氣質也大相逕庭。當然，那些總是蜷居於自己熟悉的區域的人、坐井觀天的自傲之徒是永遠無法洞察自身的。離開自己的故土，看到外面的世界，才能更清晰地看見自身。青年時代在北方的軍營生活就為鐘鳴提供了看清南方的「反環境」。在寒冷粗礪的北方，鐘鳴萌發了詩性的衝動——

　　　　它的開始，對我而言，是從北方，而非南方，所以，某種角度講，我對北方詩歌，有不少理由保持更多的敬意——憑它的土地、氣候，和沒有任何可能產生一種新詩的文化素質和個人氣度。許多人在這點上誤解了我——我對它不大客氣的批評，恰好證明，我對它曾有過怎樣的感情和期待。雖並非任何時候。它有著一種運用理解力，迅速達到，甚至過高達

---

[31] 鐘鳴：《旁觀者》，前揭，第13頁。
[32] 梁啟超：〈中國地理大勢論〉，《梁啟超全集》（北京：北京出版社，1999年），第931頁。

到某種理想境界的特徵。南方詩歌，就總體流量來說，技巧
超過北方。它的敏感，出神入化。而在封閉，虛弱時，不必
要的鞠躬也恰恰最多，最頻繁。[33]

　　鐘鳴在北方生活的時間並不長，北方給予他的詩情更多是在
幻想中完成的。南方的敏感任性與北方的清澈透明在鐘鳴的書寫中
調和：「我的皮膚親近於寒冷，而我的思想，則傾向於有濕度的溫
暖。兩者構成了我內心不冷不熱的體驗。整個氣質的底蘊，偏向冷
靜和溫馨。」[34]儘管對北方的氣候與氣質懷揣無限敬意，但對北方
的詩歌，鐘鳴始終乏有興味。在他看來，許多北方詩歌相類於警句
格言，空泛且僭越地試圖以詩歌取代哲學甚至法律，雖也有對倫理
的關注，卻不過是泛泛而談，模棱兩可，如一場「同義反覆」的語
義表演。帶著和羽林郎相似的失望，鐘鳴離開了北方——「不是退
役，而是感傷把我撢回了南方，詩歌像莊稼一樣，在經過冬天的潛
伏後期待著自己的萌芽，儘管，我描述過經緯線以及寒冷對一個詩
人來說至關重要，但對詩歌更加細膩的突破，仍然更多地回報給了
暖洋洋而敏感的南方的溫度……」[35]
　　在南方詩人鐘鳴看來，北方與他的關係不僅是記憶上的，還
是語音上的。和許多喜歡用方言寫作的南方詩人不同，鐘鳴創作時
喜歡用普通話將寫好的詩句朗讀出口。在他看來，南方的本地方言
「呈膠質狀，具有難分難解祕密的成分。這是由身體的呼吸方式決
定的。但同時，必須看到，它也為浮動在文化斷層上的意識所決

---

[33]　鐘鳴：《旁觀者》，前揭，第573頁。
[34]　鐘鳴：《太少的人生經歷和太多的幻想》（北京：解放軍文藝出版社，1999年），第
　　　24頁。
[35]　鐘鳴：《中國雜技：硬椅子》，前揭，第4頁。

定」[36]。儘管南北語系的方言差異很大，但由於秦始皇「書同文」後漢字本身在空間意義上幾乎不存在差異性，所以具體到詩歌創作中，方言詩歌的差異並不在於文字本身，而在於方言的思維和語氣。從表面上看，鐘鳴的詩中所含方言極少，但細察之，鐘鳴詩歌在韻勢、節奏、語速等方面都頗具川語特色，在審美與氣質方面更是展現出與北方方言迥異的一面。比如，〈穿紅鞋罵怪話〉中的諧謔：「我的腳跟套了雙紅鞋我當然好看／與你們官場上戴黑帽子的球相干！」〈匪酋之歌〉中輕蔑：「哎呀，你們自己打破了頭，／像隻火雞，就為了做個上等人。」〈與阮籍對刺〉中的挑釁：來呀，來呀，我們相互劃破手掌！「〈將軍和密探〉中的怒斥：「探子們，帝國的獵場已沒什麼獵物了！」這些詩句聲音高亢有力，振聾發聵，但絕不是交響樂詩朗誦中那種激昂的抒情，更近似市井街頭的叫囂喧嚷。鐘鳴以知識為基座的、博學多聞的創作風格，並不對應著斯文的低語、內斂的呢喃，而恰恰採用了中氣十足的高聲雄辯。

和南方詩人鐘鳴不同，北方詩人臧棣飽含知識性的詩歌中，迴蕩著某種高貴的腔調。現實的經驗在高頻反覆出現的詞語或意象（諸如「未名湖」、「協會」、「叢書」、「入門」等）中被刻意稀釋，保有濃度的是他連綿不絕的意識。這種風格意味著——詩不僅僅與生活同構，更成為了生活的一個入口。在臧棣看來，「沒有一個詩人會對現實滿意。但這不重要。重要的是，作為詩人究竟在艱難的時世中發現了那些詩意和境界。通過詩歌的創造，來肯定生命的意義和存在的詩意……詩歌必須是高貴的，因為詩歌對生命

---

[36] 鐘鳴：《太少的人生經歷和太多的幻想》，前揭，第24頁。

的尊嚴負責，對人生的祕密負責」[37]。臧棣的詩歌倫理更強調詩歌自身的崇高美學，在情感、欲望、知性與想像交織的詞語中，現實倫理被擱淺，價值判斷失去了厚重的現實感，在詩意的包裹下變得輕盈優美：

> 但你不想裁決對錯。
> 你裁決自己從此刻開始想像你就是天鵝。
> 一隻天鵝就如同一個砝碼，在不同的場景裡
> 可減輕我們的無知，或加深肉體的美麗。
> （臧棣：〈有一種意識叫天鵝協會〉）

　　從文化地理視角觀察中國當代詩歌的學者張清華指出這樣一個史實：「中國當代先鋒詩歌運動的發育是從南方城市和偏遠的山區興起的，當以北京的部分青年詩人為主體的朦朧詩獲得了新權威地位的時候，南方和大西南地區更年輕的一批寫作者向他們發出了有力的挑戰。這當然不只是因為那裡的寫作者們由於攜帶了更多自然的氣息而更富有詩意，而且還因為他們攜帶了更符合當代中國現實經驗的、更加平民化的文化觀念，因而才更富有生長性。」[38]而在這場運動中，外省四川躍然成為了第三代詩歌重鎮，成為當代中國詩歌一塊鮮明的精神地標、當代詩歌變革運動的策源地以及大量優秀詩人的輸出地。1982年，鐘鳴在非正式出版的詩選《次生林》上

---

[37] 田志凌、臧棣：〈如果詩歌贏得了大眾，它就失去了自我——臧棣訪談〉，廣州：《南方都市報》2009年4月12日。

[38] 張清華：〈當代詩歌中的地方美學與地域意識形態——從文化地理視角的觀察〉，北京：《文藝研究》2010年第10期

發表了關於南方詩歌力量克服北方首都霸權的斷言[39]，但顯然，此時的發聲絕非刻意製造南北詩歌的分裂和對立，而是對漢語新詩發展方向提出一種新的可能。在當時的語境下，「北方詩歌」等同於「朦朧詩」，「南方詩歌」則代表著「後朦朧詩」，詩歌地理意義上的南北之別建構於對新詩可能性的不同定義，而非絕對地理意義上的南北割據。鐘鳴認為，以北島為代表的「北朦朧們」太過朗朗上口，頗有格言警句的意味，在這種行文模式下，他們所涉及的詩歌倫理更像是以詩歌取代法律或哲學，「只能視為語義表演」[40]。1970年代，與曾占據主流的革命話語相比，北島的詩歌是模糊的、複雜的，但進入1980年代，隨著詩歌變革運動的發展，探索新詩可能性的嘗試愈發新穎多樣，口號般迴蕩在年輕詩人耳畔的北方詩歌，便顯得愈發蒼白直接。因此，在鐘鳴看來，只有打破長久以來占據主流核心的北方化詩歌的桎梏，才能重新潤澤乾枯的語言，以現實倫理為座標，重拾隱喻的有效性。輕薄任性且充滿幻想的南方氣韻以及勇於創新、反叛平庸的南方精神是以鐘鳴為代表的南方詩人選擇的方向。

---

[39] ［荷蘭］柯雷（Maghiel van Crevel）：〈精神與金錢時代的中國詩歌——從1980年代到21世紀初〉，張曉紅譯（北京：北京大學出版社，2017年），第399頁。

[40] 鐘鳴、張媛媛、付邦：〈詩的批評語境及倫理〉（未刊稿，2019年，成都）。

第四章：云誰之思
——詩歌倫理的命運與未來

　　在美國文學評論家哈樂德・布魯姆（Harold Bloom）看來：
「一首詩的意義只能是一首詩，不過是另一首詩——一首並非其本身的詩。」[1]而他的工作——詩歌批評——則是「摸清從一首詩通達另一首詩的隱蔽道路的藝術」[2]。詩人鐘鳴在從事詩歌批評多年後得出相似的結論：再沒有比生成一首詩更容易理解另外一首詩更好的方法了。鐘鳴的新詩〈云誰之思〉便可看作是一首對張棗詩學的釋讀之作。此詩採用鐘鳴擅長的互文寫作手法，雜糅地理、歷史、宗教、訓詁等多種知識，結合文本、經驗、時事與往事的感知，其目的不在於對張棗詩歌中的經典意象進行分析，而是從那些飽滿且含混的詞語出發，共用知識、經驗與記憶，引發更豐富的聯想。

　　詩題「云誰之思」出自《詩經・鄘風・桑中》。[3]「云」為發語之詞，假借為「說」。在詩人縝密地「借題發揮」下，「云」不再是輕飄飄的虛詞，敦實的根基使它獲得重量：「轉念想，那云翻

---

[1] ［美］哈樂德・布魯姆：《影響的焦慮：一種詩歌理論》，徐文博譯（南京：江蘇教育出版社，2006年），第71頁。
[2] ［美］哈樂德・布魯姆：《影響的焦慮：一種詩歌理論》，前揭，第98頁。
[3] 「爰采唐矣？沫之鄉矣。云誰之思？美孟姜矣。」《詩經・鄘風・桑中》，《詩經譯注》，周振甫譯注（北京：中華書局，2019年），第71頁。

過來會不會是個口語？／象形字有多條經脈可以說清煙云若鳳，／不必是永生或轉換，就是個『曰』字！」（鐘鳴：〈云誰之思〉）因漢字簡化，「云」字又多了一層可聯想的語義，與之關聯的自然意象也在層疊堆積的文化史中生成了深深淺淺的典故和隱喻。詩中，「云」字以兩種不同字義交替出現，在語義的含混中遵循「天意的感覺」[4]，靈媒般勾連其詩與詩之間的隱蔽路徑。比如第一節中的「雨雪氛然讓雲裡飛的鶴君」——鶴是張棗自我想像中最常出現的動物形象，「鶴君」可以視為張棗的雅號，騰雲駕霧既切合了鶴意象的仙氣，也指代張棗已然駕鶴仙去。鐘鳴曾撰文〈詩人的著魔與讖〉紀念張棗：「他一邊探討詩的現代性問題，一邊卻又陷入最傳統的神祕的法咒。這不能不說是個讖。」[5]實際上，「鶴」與「雲」在張棗詩中也頗有讖語的意味。張棗以〈鶴君〉為題留下斷句：「別怕。學會藏到自己的死亡裡去」[6]；而在組詩〈雲〉中，張棗寫道：

> 尊嚴從雲縫瀉出金黃的暗語。
> 地平線上，護士們在撒手：
> 天上擔架飄呀飄。你祖父般
> 長大。你，妙手回春者啊！
> （張棗：〈雲〉）

---

[4] 曼德施塔姆語。參見鐘鳴：《秋天的戲劇》（上海：學林出版社，2002年），第7頁。
[5] 鐘鳴：〈詩人的著魔與讖〉，《親愛的張棗》，宋琳、柏樺編（南京：江蘇文藝出版社，2010年），第132頁。
[6] 陳東東：〈「我要銜接過去一個人的夢」〉，《親愛的張棗》，宋琳、柏樺編（北京：中信出版社，2015年）。

〈云誰之思〉的創作受到了〈雲〉的啟迪，在注釋中，鐘鳴交代了這首詩的用意：「余作此篇，非複述古史，一則記已故詩人張棗君作詩，好用鶴的意象，寫鶴，又必敘停雲，恰好生前又有〈雲〉組詩，詩家病歿，恍若駕鶴仙去，這是一層。而更深一層……，（余確信）炎黃夏商在蜀，流布祖江，風雅則本源梁益，夏商不明，詩源則渾……，地理觀念一變，詩的理解固然也隨之一變，亦如所涉古今鶴事，全敘之變雅。」[7] 史學與詩學的輿地聯結，暗示了詩學考鏡源流的可能。〈云誰之思〉中大量歷史地理典故的運用，以及從地理角度對語言風格與詩歌倫理所做的考慮便印證了這一點。鐘鳴通過「互文寫作」，實現現實和知識的交互貫通，呈現出不同詩歌文本間交錯縱橫的隱祕路徑，告訴人們：詩歌倫理如何可能？詩歌倫理如何察覺其自身的命運及未來？

第一節：命運的測量員

在鐘鳴看來，張棗「轉折性而真正開始成熟的作品」是十四行組詩〈卡夫卡致菲麗絲〉。學者余暘認為：「這首詩歌模擬卡夫卡給情人菲麗絲寫信，實際上卻是張棗戴著詩學面具，向他理想中的聽者鐘鳴發出的號召。」[8] 鐘鳴聽到了張棗的呼喚，並以長文〈籠子裡的鳥兒和外面的俄耳甫斯〉[9] 做出回應。這篇文章的題目有兩個關鍵字：鳥兒與俄耳甫斯。前者使人聯想到翱飛於鐘鳴與張棗的詩行之間的「鳥」的形象；後者則構成了後世詩人的隱喻或讖語，

7　鐘鳴：〈云誰之思〉，《把杆練習》（未刊稿，2018年，成都）。
8　余暘：〈九十年代詩歌的內在分歧——以功能建構為視角〉（北京：人民出版社，2016年），第74頁。
9　鐘鳴：〈籠子裡的鳥兒和外面的俄耳甫斯〉，瀋陽：《當代作家評論》1999年第3期。

它們的共同點在於二者都關乎命運：詩歌的命運或詩人的命運。

　　正如前文所述，張棗詩中最常見的飛鳥意象是「鶴」，鶴的皎潔、舒展、孤傲、纖細以及牠所象徵的古典、風雅且隱逸的品質，與張棗的詩風相得益彰。「對生產文本的作者來說，風格就是他的生涯的語言」[10]，張棗以鶴自況，在他選擇這樣一種風格的同時，也選擇了與之匹配的命運。而在鐘鳴詩歌中，最常見的鳥意象是以反諷形式屢屢登場的「麻雀」。這一意象明顯帶有貶義色彩。在鐘鳴看來麻雀聒噪吵鬧、見識短淺，是胖子的同類，也是瘦削的旁觀者的反義詞。猶如一味辛辣的調料，麻雀意象點綴在詩行之間，便增添了幾分戲謔諷刺的滋味。厭棄歸厭棄，但要像郭沫若那樣暴跳如雷地咒罵麻雀是個「混蛋鳥」[11]，顯然有悖於鐘鳴的詩歌倫理。比起大動肝火地咆哮或怒罵，鐘鳴更傾向以冷笑和蔑視回應麻雀的挑釁。他自稱「我的嗓子比麻雀牌刀片／高了十倍」（鐘鳴：〈我只能這樣〉），並高聲質問：「什麼原因使那些麻雀如此大膽地浪費？」（鐘鳴：〈乞丐〉）特定歷史語境之下，浪費糧食的麻雀被認作「四害」之一，一度成為「天敵」的同義詞[12]。在鐘鳴這一代人的記憶中，麻雀在政治話語裡象徵著敵對者、破壞者。有些詩句中，鐘鳴仍然沿用了這層含義，但更多的時候，麻雀不是意識形態層面上勢不兩立的「階級敵人」，而是他所鄙夷不屑的「小人物」的代名詞。比如，在充滿諧謔意味的〈小人物的巨大快樂〉一詩中，鐘鳴這樣寫道：「他們飛行，像小麻雀嘰嘰喳喳。」此詩暴露

10　[美]愛德華・W.薩義德：《開端：意圖與方法》，前揭，第390頁。
11　郭沫若曾作一首名曰〈咒麻雀〉的打油詩：麻雀麻雀氣太嬌，雖有翅膀飛不高。你真是個混蛋鳥，五氣俱全到處跳……。郭沫若：〈咒麻雀〉，北京：《北京晚報》1958年4月21日。
12　歐陽江河：〈當代詩的昇華及其限度〉，《站在虛構這邊》（成都：四川文藝出版社，2018年），第2-3頁。

詩歌節上的眾生相，嘲諷譁眾取寵的詩壇小丑，以幽默輕怠的詞語譏諷當代詩歌盛世的淫逸與虛無。置身於喧嘩吵鬧的「麻雀窩」，詩人鐘鳴渴望的對話已被嘈雜的雜訊淹沒。幸好，異國的知己和他一樣清醒於共同的困境：

> 致命的仍是突圍。那最高的是
> 鳥。在下面就意味著仰起頭顱。
> 哦，鳥！我們剛剛呼出你的名字，
> 你早成了別的，歌曲融漫道路
> （張棗：〈卡夫卡致菲麗絲〉）

　　是的，他們需要突圍，無論是患病的卡夫卡還是解除婚約的菲麗絲，無論是在異國孤獨的歌者張棗還是困擾於喧囂的聽者鐘鳴。他們仰起頭顱以目光追隨的鳥原本遠在高處，虛幻得無法觸及，卻因詩人的呼喚或命名（「呼出你的名字」）而轉化成別的──「像孩子嘴中的糖塊化成未來／的某一天。」（張棗：〈卡夫卡致菲麗絲〉）未來或許仍是虛幻的，但詩人知道他「迎接的永遠是虛幻」，並像他的聽者傾訴心聲：「然而，什麼是虛幻？我祈禱。／小雨點硬著頭皮將事物敲響：／我們的突圍便是無盡的轉化。」（張棗：〈卡夫卡致菲麗絲〉）因而，當鐘鳴收到遠人張棗從德國寄來的繪有怪鳥的明信片，即刻寫下了如下詩行：

> 當雨點敲打牠的頭皮時，我們清醒而憂傷
> 但我們內心的騷動卻得到一致的寬恕

像牠的古典巨蹼，飛越在兩個星球之間

（鐘鳴：〈畫片上的怪鳥〉）

　　明信片上的漫畫小鳥彷彿真的擁有生命，充當信使，飛越宇宙和山海，穿越歷史與現實，傳遞著彼此內心深處隱祕的訊息。在現實與倫理的兩極，畫片上的怪鳥垂下「古典的巨蹼」急速飛行於語境迥然的兩個星球，為同樣艱難的生活呼喊。怪鳥既是緊急的救援者亦是狼狠的求救者，牠旁觀者般雪白的眼球已經洞察詩人們內心的騷動，牠的目光正反覆地測量著詩人共同的命運，「清醒而憂傷」。

　　鐘鳴在〈續珂丁諾夫〉一詩中寫道：「記錯了一個詞，走彎了一條人生道路。」詩與生活同構是鐘鳴詩歌倫理成立的前提。以絕妙的歌聲拯救亡妻的俄耳甫斯最終未能抵抗誘惑，背棄了不能回頭的承諾，將心愛的人置於萬劫不復的境地。而無法擺脫悲劇命運的俄耳甫斯也因語言的魔力獲得永生或落入永劫。後世的詩人，俄耳甫斯的後繼者們，如他一樣探測著命運的奧祕：「我現在要用以雲觸石而誕生的方式，來喚醒它，／結局、祕密永遠都是命運最不看好的洪水雷閃。」（鐘鳴：〈古鉞記〉）那些註定沒有答案的謎題如同誘使俄耳甫斯回眸的欲望：「你只是進去，出來，命運就是那些鋪在地上的黑箭頭，／中間是大把的虛線，究竟省略了什麼你並不真正知道。」（鐘鳴：〈儺〉）詩歌自身的倫理是欲望而非約束，它不會制定詩歌的範本，也不會制約詩人的聲音，它承載著命運的真相，測量出欲望的代價。那些未知的事物閃爍著危險的信號，而先行者張棗早已向他的知音發出忠告：

我們這些必死的，矛盾的

測量員，最好是遠遠逃掉。

（張棗：〈卡夫卡致菲麗絲〉）

第二節：舌頭的管轄者

我們為什麼會有這樣天生的器官：

全是偶數——眼睛，耳朵，鼻子，

還有各種食物的通道，面目全都欠款，

只有嘴是單數的，將靈魂和舌頭管轄。

——鐘鳴〈林肯，空椅子〉

　　有學者認為，「詩歌倫理」這一話題在當代中國詩壇引發廣泛討論的濫觴可能得利於愛爾蘭詩人希尼（Seamus Heaney）的演講〈舌頭的管轄〉[13]。1999年，黃燦然翻譯的《見證與愉悅——當代外國作家文選》中收錄了這篇文章。希尼發表此文的用意在於證明一種詩歌抒寫詩歌自身的正確性。題目中的「舌頭」既指詩人說話發聲的個人天分，也指語言本身的共同根源。希尼認為，在證明詩歌正當性這一方面，舌頭獲得管轄的權利，詩藝具有自身的權威性。「作為讀者，我們屈服於既成的形式的仲裁，儘管那個形式並不是由心智倫理道德實踐的力量達成的，而是由我們稱為靈感的那種自行生效的運作達成的。」[14]而作為詩人，寫作的自由從相對的

---

[13] 參見余暘：〈詩歌與倫理的詮釋性關係〉，《九十年代詩歌的內在分歧——以功能建構為視角》（北京：人民出版社，2016年）。

[14] 希尼：〈舌頭的管轄〉，《見證與愉悅——當代外國作家文選》，黃燦然譯（天津：百花文藝出版社，1999年），第253頁

政治高壓中掙脫，又難免面臨著新的社會境遇中輿論的道德責難與自我的良知拷問。詩歌究竟應當秉持怎樣的倫理？許多詩人認同於希尼凝練且堅定的回覆：「詩歌有其自身的現實，無論詩人在多大程度上屈服於社會、道德、政治和歷史現實的矯正壓力，最終都要忠實於藝術活動的要求和承諾。」[15]這一說法具有開放性和可塑性，切合了中國當代詩歌的語境。但是，斷章取義地將倫理與詩歌倫理二元對立，很有可能只是想要逃避現實重壓又不忍泯滅良知的詩人求取的一針安慰劑。作為舌頭的管轄者，詩人如何發聲、如何表達，決定著詩歌倫理的未來。

在俄語裡，「語言」與「舌頭」是同一個詞（即язык）。古今中外許多詩歌中的「舌」意象都是語言的隱喻或與語言相關。杜甫有詩云：「齒落未是無心人，舌存恥作窮途哭。」這句詩與南宋廖行之〈減字木蘭花·送別〉中「舌在何憂」異曲同工，都來自《史記》中「張儀舌在」的典故。舌在足矣，這是對自身能說善辯的肯定，也是對舌頭最高的讚美與信任重視舌頭，即重視語言，而古代文人之所以看重語言，與古典詩歌倫理的「言意觀」密不可分。《周易·繫辭》曰：「書不盡言，言不盡意。」古代詩人往往籠罩在這種無法以文字全然表達思想感情的焦慮中。為抵消或緩解這種焦慮，莊子提出「得意而忘言」。但正如劉勰《文心雕龍》所言：「意翻空而易奇，言徵實而難巧。」[16]詩文創作中，憑空想像的意蘊容易出奇，但運用切實的語言巧妙展現詩意卻是難上加難。鍾嶸恰恰利用了言與意之間無法吻合的局限，推崇「文已盡而意

15　希尼：〈舌頭的管轄〉，《見證與愉悅——當代外國作家文選》，前揭，第264-265頁。
16　[南朝梁]劉勰：《文心雕龍》（上海：上海古籍出版社，2015年），第173頁。

有餘」[17]的效果。延續這一傳統，南宋詩人嚴羽在品評盛唐詩歌時說道：「盛唐諸人惟在興趣，羚羊掛角，無跡可求，故其妙處透徹玲瓏，不可湊泊，如空中之音，相中之色，水中之月，鏡中之象，言有盡而意無窮。」[18]儘管意在言外，但言與意早已渾融為一。而「鏡花水月」的詩歌譬喻在明人胡應麟的《詩藪》中得到了進一步闡明，在他看來，作詩大要在於「體格聲調」與「興象風神」——「體格聲調，水與鏡也；興象風神，月與花也」[19]，只有水澄鏡朗，才見花月宛然。北宋李處權詩曰：「中有忘言人，截斷天下舌。」截舌是舌頭管轄的極端化，而「忘言」並不是真的遺忘，太多時候，語言無法觸及感官所抵達的現實，詩人只得淪入失語的境地：「我口吃的舌／只能命名一半的視覺，／就像那位盲人／面對無情的太陽哭泣」（貢薩洛・羅哈斯：〈太陽和死神〉，趙振江譯）。

鐘鳴的〈羽林郎〉一詩在開篇引用了洛爾迦（Federico García Lorca）的詩句「他有個肥皂的舌頭」，肥皂滑潤細膩、帶有香氣，在唾液的浸潤摩擦下滋生綿密的泡沫，肥皂般的舌頭所象徵的語言也是細緻綿稠，潔淨中蘊藏著虛無。這位西班牙詩人創造的獨特比喻，重生於漢語的語境中，如晶瑩的肥皂泡映照詩歌自身。敬文東認為：「人類之舌不僅親身『經過』萬物，還得親自遍『嘗』各種語言——並且必須是以及必然是自帶音響形象的語言，漢語很可能是其中最受寵倖的一員。」[20]因而「舌」意象的出現，多少有些「元詩」的意味。在那些隱微書寫詩歌本身的詩篇中，鐘鳴不斷

17　[南朝梁]鍾嶸：《詩品譯注》，周振甫譯注（北京：中華書局，1998年），第19頁。
18　[宋]嚴羽：《滄浪詩話》（北京：中華書局，1985年），第6-7頁。
19　[明]胡應麟：《詩藪》（北京：中華書局，1962年），第100頁。
20　敬文東：〈味與詩——兼論張棗〉，南寧：《南方文壇》2018年第5期。

試探舌頭的功能：

> 舌頭能將耳朵熨帖，天使的翅膀卻來自仿生學，
> 這能敵衰老的時間嗎？無休止的仿崇高和悔恨。
> （鐘鳴：〈儺〉）

> 割舌頭，喜劇似的融入斷臂人的遊戲，所有的針算
> 和斧頭，被相似的字詞舉到半空，像蜂迢迢地螫人。
> （鐘鳴：〈古鉞記〉）

　　舌頭除說話外的另一功用在於「辨味」。「味與詩」的關聯在敬文東的〈味覺詩學〉中得到了詳盡論述，他認為漢語是一種擁有舔舐能力的語言，而詩乃有味之物，當漢語世界追逐現代性而「失味」之時，詩人張棗固守漢語的舔舐能力，使新詩「重新味化」。鐘鳴與敬文東所見略同，他稱張棗具有一種「櫻桃邏輯」，櫻桃所具有的甜美滋味契合張棗心目中漢語的甜。實際上，詩人鐘鳴也在自己的創作中融入了味覺的探索，但與張棗「味化」詩歌的方式全然不同：張棗的創作是一種「賦味」，鐘鳴的詩歌則更傾向於「調味」。在鐘鳴筆下，詩歌的味覺也不再是單一的苦澀或酸甜，而是五味雜陳，兼存辛辣。歷史、神話、傳說軼事、鐘鼎彝器、時事熱點……，在諸種味道厚重的調味品的融合下，鐘鳴的詩歌呈現出獨一無二的味道。不同於延續哀歌傳統或悲劇傳統的「大詩」，鐘鳴的詩歌給予世界的不再是單純的痛感，而是難搔之癢。而癢是比痛更複雜的感覺，它有時甚至可以包含痛感，表達、呈現這種「癢」，意味著詩人與世界的關係是反諷的。

第三節：倫理的新路線

弗萊認為：「作品可以修改，詩人進行修改不是因為他喜歡修改，而是因為修改本身確實會使作品變得更好。這一事實表明詩和詩人一樣，是自然產生的，而不是製造的。詩人的任務是在詩降生於世時盡可能使它不受損傷。」[21]從已出版的詩集來看，鐘鳴無疑是一位嗜好並且擅長修改作品文本的詩人，為使那些擁有生命的詩作擺脫個人記憶帶來的損傷，在更為廣袤的時間原野中自由呼吸，他不斷地更新文本，雕琢語言以淘洗思想。在歲月的沉澱與現實的變遷中，鐘鳴反覆檢視過去的文字，依據知識與經驗的累積，增添新的內容；根據思考的深入與技藝的凝練，刪減贅餘的「脂肪」。有些詩作幾乎是重寫了。在這些詩中，或許文本中始終沒有變化的部分更值得關注，那正是詩的筋骨所在，展現著「詩之思」的路徑。

以鐘鳴涉及中外歷史題材或古題新詠的詩歌為例，在不同的時間節點、不同的現實語境中回望過去，引發的聯想顯然不同，但對歷史的價值判斷或倫理判斷卻是一致的。比如〈蹴鞠小考〉一詩，此詩的靈感來源是一本研究唐代和西域文化關係的書，關於當時盛行的馬球一事，鐘鳴覺得頗有意思。「本想寫成隨筆，但覺資料不夠，隨後也就落得這首詩」[22]，鐘鳴的新詩集《把杆練習》中收錄的版本與之前的文本比較改動頗多，若將二者重合之處摘錄出來，

---

[21] [加拿大]諾斯羅普・弗賴伊（現通譯作諾思洛普・弗萊）：〈文學的原型〉，王達振譯，《二十世紀文學評論》（下冊），[英]大衛・洛奇編（上海：上海譯文出版社，1993年），第105頁。

[22] 鐘鳴：《旁觀者》前揭，第1466頁。

詩人的歷史倫理觀便一目了然。在兩個版本中，鐘鳴都強調著「我並非末世論者」，辛辣地指出「中產階級怕稅，窮人怕過年，革命幫助窮人過年」，並保留了這個反諷的細節：「有個吳道子畫師蘊墨於胸，正要給光明譜新曲，／但一聽戲坊裡的蹴鞠聲，就攜伎鑽進了鳳凰樓。」（鐘鳴：〈蹴鞠小考〉）詩歌如何才能進入歷史，鐘鳴早就表明了他的立場：「我枕著迷人的石臂，不是要獲得詩的力量，／而是為了瞧准個黑洞進入上個世紀的柱廊。」（鐘鳴：〈石崇〉）再比如〈查理軼事〉、〈塞留古〉，這兩首詩在最新修訂的詩集中與其他版本相差甚微，只是增加了一些修飾的形容詞。查理大帝與塞留古都是功績顯赫的征服者，前者是「強人時代」的先驅——「世界的生存就像一場狩獵／誰先占有鐵，誰就成為查理王」（鐘鳴：〈查理軼事〉），後者如復活的神話——「塞留古提著一個假聖人，／然後，變成水裡的錨」（鐘鳴：〈塞留古〉）。鐘鳴詩歌的倫理判斷融入當下現實，往往詩語雙關，力透紙背。

鐘鳴的詩進入歷史的方式是扎實的，他為詩歌賦予了多層次的地基，考古學、人類學、社會學、地理學、民俗學、語言學以及傳播學的知識和觀點支撐起詩意想像的天梯，這樣，詩歌便不再是僅僅依靠詞語幻想的空中樓閣。而這種方式在追求「純詩」的詩人看來，就太過駁雜了。當代漢語新詩中的非歷史化的抽象寫作或不及物寫作已然將詩歌提煉至純之又純的程度，但這樣的「純詩」無法和人們當下的生存及語言經驗發生一種切實的摩擦，「使詩歌的輪子懸在了空中」[23]。和鐘鳴一樣對這種「純詩」進行反思的詩人王家新，則採用了另一種面向歷史的詩歌倫理——如果將鐘鳴的詩

---

[23] 王家新：〈闡釋之外——當代詩學的一種話語分析〉，北京：《文學評論》1997年第2期。

歌倫理片面地概括為「反諷與抗拒」，那麼王家新的詩歌倫理則可以稱之為「承擔與關懷」。王家新認為，在寫作的文化承諾、道義責任與個人的自由意願之間反覆形成的歷史困境之中，承擔本身即是自由。承擔，意味著在歷史與時代生活的全部壓力下從事寫作；承擔，也意味著以更開闊的視野反觀自身同時擁有處理現實問題的能力與品格。當他「被迫在個人與歷史、自由與責任之間辨認作為一個中國詩人的隱晦的命運」[24] 之時，這種承擔性的歷史觀就略顯捉襟見肘了。新世紀以來，王家新的詩歌倫理大體上從「承擔的詩學」轉向了「辨認的詩學」[25]，他依舊堅信自己擁有寫作的自由，卻也辨認得出這自由背後的緘默：

> 終於能按照自己的內心寫作了
> 卻不能按一個人的內心生活
> （王家新：〈帕斯捷爾納克〉）

在義大利作家伊塔羅‧卡爾維諾（Italo Calvino）為關心文學未來命運的讀者所撰寫的「文學辯護詞」中，有這樣五個關鍵字：輕逸、迅速、確切、易見、繁複，這五個審慎的詞語既是人們所期待的文學品質，又是一種不可或缺的寫作倫理。鐘鳴詩歌中，繁複的一面在於「詩之思」，詩歌中豐富的典故，意味無窮的題材都體現了這一點；輕逸的一面則在於「詩之美」，具體表現在詩人對語言的駕馭能力，詞彙的飽滿以及詩歌的技巧或技藝。回憶已故詩人張

---

[24] 王家新：〈當代詩歌：在「自由」與「關懷」之間〉，北京：《文藝研究》2007年第9期。

[25] 程一身：〈王家新：從「承擔的詩學」到「辨認的詩學」〉，重慶：《紅岩》2014年第3期。

棗時，柏樺提及了這樣一個細節：「我常常見他為這個或那個漢字詞語沉醉入迷，他甚至說要親手稱一下這個或那個（寫入某首詩的）字的重量，以確定一首詩中字與字之間搭配後產生的輕重緩急之精確度。」[26]讓張棗和他的知音癡迷不已的，是詩的確切。對於語言精確性缺失的危機，卡爾維諾做了這樣一個比喻：「有時候我覺得有某種瘟疫侵襲了人類最為獨特的機能，也就是說，使用詞彙的機能。這是一種危害語言的時疫，表現為認識能力和相關性的喪失，表現為隨意下筆，把全部表達方式推進一種最平庸、最沒有個性、最抽象的公式中去，沖淡意義，挫鈍表現力的鋒芒，消滅詞彙碰撞和新事物迸發出來的火花。」[27]一位傑出的詩人，即便不能成為治癒時疫的妙手神醫，也應當具備抵抗這種病菌的免疫力。稱量詞語重量的張棗，面對危害語言的時疫時，自能搜尋奇門偏方，對症下藥：

> 我們每天都隨便去個地方，去偷一個
> 驚歎號，
> 就這樣，我們熬過了危機。
> （張棗：〈枯坐〉）

張棗的「驚歎號」在鐘鳴這裡化作了窮追不捨的「問號」。這裡的問號並不代表疑惑，而是更敏銳的「確切」。他在詩中發問：「血會逆流嗎？輕身術會使人更加超然嗎？」「但，誰知道，人民

---

26 柏樺：《張棗》，《親愛的張棗》，宋琳、柏樺編（北京：中信出版社，2015年），第18頁。
27 [義]卡爾維諾：《未來千年文學備忘錄》，楊德友譯（瀋陽：遼寧教育出版社，1997年，第41頁。

該做些什麼呢？」（鐘鳴：〈中國雜技：硬椅子〉）「在一場靈魂的遊戲中，人民，你的眼睛盯住什麼？」（鐘鳴：〈蹴鞠小考〉）「什麼是應該被詆罵的多餘的善的部分？」（鐘鳴：〈乞丐〉）「他能寫詩嗎？他能回憶嗎──」（鐘鳴：〈紅鬍子之五〉）……

　　詩歌倫理既不是一種標榜著與現實倫理二元對立「純詩」理論，也不是對客觀倫理命題的詩意複述。因而，無論是僅僅將詩歌倫理視作美學之附庸，還是將詩歌的倫理落實在具體的階層身份之上，都是有失偏頗的處理方法。詩歌倫理包羅萬象，它既是一種價值判斷，也是一種歷史擔當；既是一種表達欲望，也是一種沉默權利；它既注重「詩之思」，積澱知識的厚重，也不失「詩之美」，兼顧技藝的輕盈；既回望過去，延續古典文學的舊傳統，也面向未來，另闢漢語詩歌的新路線。當代漢語新詩的詩歌倫理應在美學範疇秉持相容並蓄，而在現實倫理的價值判斷上黑白分明，立場如一。鐘鳴的詩歌創作正是映現上述詩歌倫理的典範。

▍結語

　　漢語新詩無疑是當代文學所有文體中最受爭議的一個。人們對當代詩歌的誤解源於沒有一個公允的評判標準去衡量一段分行文字（或不分行的片段）是否是詩，更難以有一個客觀的尺度去裁定詩歌的孰優孰劣。因而，當代詩壇呈現出魚龍混雜、爭議不斷的局面。這是我們談論詩歌倫理這一問題時不容忽視的語境。坦白而言，這是詩人的無能也是批評家的失職。歸根結底，「何為詩」以及「何為好詩」這樣兩個核心的問題沒有解答，當代詩歌及其批評因此陷入困境。

　　艾略特（Thomas Stearns Eliot）認為：「在同一時代的最佳詩作和最佳批評之間具有重大的關係。批評的時代亦即批評詩的時代。」[1]詩歌批評與詩歌創作密不可分。作為批評家以及當代詩歌運動重要參與者和見證者的鐘鳴，「以個人化的視角和方式，借助豐碩的詩學、思想資源和歷史材料，展現了中國當代詩歌令人觸動的細節與圖景」[2]。當代中國詩歌批評界，寫詩兼事批評者不在少數，鐘鳴的批評之所以獨特，並不因為他的雙重身份，而是他脫離了學院或者某一種流派的批評圈子，始終秉持個人的詩歌倫理，做

---

[1] ［美］艾略特：《詩的效用與批評的效用：關於英國詩與批評的研究》，杜國清譯（臺北：純文學出版社，1983年），第16頁。
[2] 鐘鳴獲「東蕩子詩歌獎」評論獎的「授獎辭」，參見鐘鳴：《我們這一代》，東蕩子詩歌獎評論集，黃禮孩主編，2015年。

出準確的價值判斷。作為詩人，鐘鳴在耳語時代以詩高聲屬喝，而在眾聲喧嘩的聒噪中，卻不急於亮相發聲或追趕潮流。他背負著與同時代詩人共有的「語言的原罪」，他忠於內心表達的欲望，並警惕好大喜功的虛胖言論，以真誠而克制的詩行留下歷史的言說。作為批評家，鐘鳴對漢語新詩的語境了然於胸，在集體記憶的陰影下，他最早關注「私密性」的問題；在資訊時代的喧囂中，他敏銳地覺察出詩的失真；他用詩意語言探索著詩歌倫理的準則與界限。他以旁觀者的立場，在對歷史、現實與文本空間的旁觀與審視中，建構以「南方精神」為核心的輿地詩學。通過「互文寫作」，實現現實和知識的交互貫通，呈現詩歌文本間的隱祕路徑。在他的詩與文中，已然如讖語般預示了詩歌倫理的命運與漢語新詩的未來。

　　鐘鳴曾說：「若記憶沒出什麼故障。我從不相信，一個人，一首詩，能改變時代，但我相信，貫穿所有詩篇的那種思想、風格、精神來源，正脫胎換骨，預示新的時代。」[3]對於充滿無限可能的漢語新詩，我們所期待的絕不僅僅是對時代的預示和對倫理的自律，更期盼著它能夠對語言本身做出一定貢獻，使漢語的土壤更加肥沃，使詞語更加輕盈活潑、富有生機。在新詩草創之初，胡適在他的第一首白話詩中表達了這樣的期待——「正要求今日的文學大家，／把那些活潑潑的白話，／拿來『鍛鍊』，拿來琢磨，／拿來作文演說，作曲作歌：——出幾個白話的囂俄，／和幾個白話的東坡。」（胡適：〈答梅覲莊〉）在百餘年後的今天，在中國現當代詩人與作家的努力之下，胡適詩中吐露的願望已經實現大半，但語言的發展仍是一條漫漫長路，使漢語煥發新的生機是當代詩人不

---

[3]　鐘鳴：《旁觀者》，前揭，第627頁。

能遺忘的使命。海德格爾（Martin Heidegger）認為：「雖然詩人也使用詞語，但他不像通常講話和書寫的人們那樣不得不消耗詞語，倒不如說，詞語經由詩人的使用，才成為並且保持為詞語。」[4] 詩人鐘鳴的看法與之不謀而合，並且早早地為「現代漢語詞彙量的縮小」[5] 敲響警鐘。鐘鳴準確且繁複的詩歌語言使一些「廢黜」的、枯萎的詞語重新煥發了活力，在與「公文勢力」的角鬥中，鐘鳴苦心孤詣地維繫詞語的陣地，固守他的詩歌倫理。這位看似始終與時代潮流保持距離的詩人，早已走在了時代的前沿。

[4]　[德]海德格爾：《林中路》，孫周興譯（上海：上海譯文出版社，2008年），第29頁。
[5]　在〈樹皮、詞根、書寫與廢黜〉一文中，鐘鳴寫道：「我們的詞彙量，正在公文勢力的擴大中縮小。這在日常生活中很難覺察。因為這種削減，是隱祕地、緩速而長期進行著的。就像尖端麻醉術下的大腦半球額葉切除術一樣，我們絲毫不會感到肉體上的痛苦和損失。其數量差異也許要做高精密的數量統計才能發現，要由健全的智慧和極端貧困的詞彙發生戲劇衝突時才可能顯示。」鐘鳴：〈樹皮、詞根、書寫與廢黜〉，《秋天的戲劇》，前揭，第74頁。

附錄

附錄一、歷史的倫理與詩的開端[1]
——論鐘鳴〈垓下誦史〉

　　在評論何多苓的繪畫時，鐘鳴寫道：「風格的選擇，無不是分析性經驗、歷史、倫理與個性所使然。」並轉述羅蘭‧巴特的觀點作為佐證：「歷史像是在若干語言倫理中的一種必要選擇的降臨。」[2]深入鐘鳴多維的詩歌空間內部時，他的「個性」也在讀者面前明朗起來，正如他所自述的一般：「回想起來，我的基本格局是這樣的，在別人寫抒情詩的時候，我延續過去的愛好跑去寫敘事詩了；在別人寫『史詩』時，我卻熱衷於短詩或相反；而在許多人大獲成功接近自封的『大師』，或以過來人自居的時候，我卻開始對詩歌保持距離，採取陌生化的方式寫上了隨筆；當別人開始成年人的文學路線——青春期詩歌、中年小說時，我又像小學生親切地回到了詩歌的門檻上——其中有下意識的成分，但絕不是存心作對，而是性格所使然，命運所使然。」[3]與同時代的其他詩人相比，鐘鳴的格局與風格始終同潮流保持一定的距離：在當代文學史的線性脈絡中，鐘鳴被認為是「第三代」詩人，雖然鐘鳴與許多朦

---

[1]　本文原載於上海：《上海文化》2019年第3期。
[2]　鐘鳴：〈何多苓繪畫風格與倫理的形成〉，《秋天的戲劇》（上海：學林出版社，2002年），第147-148頁。
[3]　鐘鳴：〈自序‧詩之疏〉，《中國雜技：硬椅子》（北京：作家出版社，2003年），第8-9頁。

朧詩人年紀相仿，甚至年長一些，但他的寫作卻同銳意變革、蓬勃爆發的前一代（即朦朧派詩人）相比稍微滯後了一些，這個短暫的間隔也使他相對「冷卻」了一些，以至於有更豐富的維度去思考現代漢詩的新出路和「詩的語詞表達的可能性」[4]；從詩歌地理的角度來看，久居川渝的鐘鳴被稱為「巴蜀五君子」之一，但這個「冠名」並不意味著四川五君具有某種一致的「主義」，恰恰相反，他們更看重的是個人寫作[5]（亦可以理解為「個性」）。這種和「主流」之間的疏離感使鐘鳴以旁觀者的冷峻卻不失溫度的目光打量著歷史與現實，他自認為這是一種命運，可命運終究是富有神性的大詞，使人難以捉摸，相形之下，經驗、歷史與倫理為我們的耳目透露解密的鎖鑰。

　　鐘鳴在談論自己的詩歌寫作時，曾引述過奧頓（奧登）的一個觀點：「一個詩人一生中會寫三種詩歌：一種是你自己喜歡別人也喜歡的，一種是別人喜歡，你自己卻並不怎麼喜歡；再就是你自己喜歡而別人卻不喜歡。」[6]〈垓下誦史〉一詩大抵屬於第三種類型，鐘鳴對它反覆修訂，並以它的題目命名一本詩集，但批評者對這首詩的探討卻少之又少。誠然，此詩複雜的近乎駁亂的意象——橫貫五洲四洋的輿地學[7]、融貫古今中外的歷史——都凝結於一處，猶如難以拆解的結，或一個由無數鏡子與岔路構成的迷宮。貿然進入迷宮，註定難以找到出口，迷途與碰壁指引人們不斷回到起

---

[4]　李振聲：〈既成言路的中斷——「第三代」詩的語言策略，兼論鐘鳴〉，長春：《文藝爭鳴》1996年第1期。

[5]　「在別人冠以我們『四川五君』時（這個術語好像來自『整體主義』詩人），我們提醒自己，不搞任何『主義』，或『宣言』的東西。我們都看重個人寫作。」參見鐘鳴：《旁觀者》，前揭，第880頁。

[6]　鐘鳴：〈自序·詩之疏〉，《中國雜技：硬椅子》，前揭，第10頁。

[7]　鐘鳴曾考察過海子詩歌中的「輿地學」，參閱鐘鳴：〈我們這一代：鐘鳴評論集〉，黃禮孩主編廣州：《詩歌與人》2015年，總第39期。

點，找到詩的開端。儘管如賽義德所說，「一個像開端這樣的題目是結構而非歷史，但這個結構也無法直觀、命名或把握」[8]，尋找並考察詩的開端依然是必要的——「我一貫相信那些／從不存在的東西，比如開頭、結尾……」[9]——甚至唯有開端，才能使我們洞悉作者的真正意圖所在[10]。

（一）歷史的倫理：從「垓下」進入重疊的詩意空間

作為詩歌最重要的副文本，詩歌的題目毫無疑問是它的起點，正是題目維繫著多次被刪改的文本之間的均衡，但「垓下誦史」這一題目卻不能被看作是這首詩的真正開端，因為「他不斷地使我們退回到其他的文本」[11]。「垓下」一詞本是楚漢交兵的古戰場的名字，附著其中的歷史密碼是英雄末路亦是美人情長。古往今來，無數文人騷客都曾「泫然垓下真兒女」[12]，這些詩篇可以粗略地分成兩類，或是為垓下之圍的慷慨悲壯歡惋，如：「弓斷陣前爭日月，血流垓下定龍蛇。拔山力盡烏江水，今古悠悠空浪花。」[13]「駐馬淮陰憾不窮，當年垓下有奇功。」[14]或是為霸王別姬的俠骨

---

[8] [美]愛德華・W.薩義德：《開端：意圖與方法》，章樂天譯（北京：生活・讀書・新知三聯書店，2014年），第39頁。

[9] 敬文東：〈小速寫〉，李永才、陶春、易杉主編《四川詩歌地理》（成都：四川文藝出版社，2017年），第190頁。

[10] 恰如薩義德所說：「指定一個開端，通常也就包含了指定一個繼之而起的意圖。」[美]愛德華・W.薩義德：《開端：意圖與方法》，前揭，第21頁。

[11] [英]安德魯・本尼特、尼古拉・羅伊爾：《文學、批評與理論導論》，汪正龍、李永新譯（桂林：廣西師範大學出版社，2007年），第2頁。

[12] [宋]曾鞏：〈垓下〉，趙望秦等編《史記與詠史詩》（西安：三秦出版社，2012年），第83頁。

[13] [唐]樓一：〈垓下懷古〉，趙望秦等編《史記與詠史詩》（西安：三秦出版社，2012年），第82頁。

[14] [清]穆彰阿〈淮陰故里〉，《清代詩文集彙編》（上海：上海古籍出版社，2010

柔情動容，如：「垓下美人泣楚歌，定陶美人泣楚舞，真龍亦鼠虎亦鼠。」[15]「赤蛇不死白蛇死，妾骨空闐垓下沙。」[16]比起古人，鐘鳴的這首詩雖以「垓下誦史」為題，內容卻與楚河漢界、項王虞姬毫無關聯，細察之，「垓下」絕非實指的地名，卻又不僅僅是傳統所賦予它的詠史、懷古、幽思的符號那麼簡單。在互文性結構的關係網絡中，「垓下誦史」這一題目所勾連起的除了上述古典詩歌，也使人聯想到現代漢詩中的古題新詠，比如吳興華的〈絕句〉中寫道的「垓天美人泣楚歌定陶泣楚舞」[17]。其實，鐘鳴也曾有過以《史記》裡的霸王別姬為題材創作〈垓下誦史〉的嘗試。在其大作《旁觀者》中，便收錄了這次試驗的斷章[18]。對於這一「失敗的嘗試」[19]，鐘鳴聲稱：「這種偽古典風格來自葉維廉。80年代，它起到過一陣收縮詞語，尋求新張力的作用，只在少數人身上有過迴響。」[20]受艾略特的啟發，鐘鳴也曾發出類似的迴響，但很快，他便拋棄了這種「學舌」，並「發明了一套對自己整個書寫都有效

年），第302頁。

15 ［明］王象春：〈書項王廟壁〉，趙望秦編《史記與詠史詩》（西安：三秦出版社，2012年），第98頁。

16 ［清］王曇：〈項王廟〉，徐渭仁輯《仲瞿詩錄》（北京：中華書局，1985年），第6頁。

17 吳興華：《森林的沉默：詩集》（桂林：廣西師範大學出版社，2017年），第86頁。

18 「你就是你，就是你所不識的身影／出現在暗夜／匿名的逃亡，劈打沉重的頭顱／冷冷如黑鐵／樹皮流著樹脂／看你／或者／漠視你／王朝的淪喪／突如其來／而後，有西風傳來，有甲冑御著楚歌／繆絡與蛙嘴／，王，可觸卻煊赫的泥石／候於巨巖／蒙恩的夜腮／有風／撩起薰灸／箭簇射著頑石／泯滅罔的精光／沒有可見度／衣繡／悉悉／六合中的長度／沒有輕微的能見度／沒有也無從喚起瀾上江東的小農意識／亞父舉手為玉／還有仰天而嘯的雖，以及夏商周秦的／褐石，立與洶湧的／海潮之上」。此詩見於鐘鳴：《旁觀者》，前揭，第722-726頁。

19 詩人對這首以項王虞姬為內容的〈垓下誦史〉並不滿意，在〈我們這一代〉一文中，詩人提到：「僅僅為了紀念，我保存了這份手稿……由此可見，詩可以瞎搞到何種程度。」鐘鳴：《我們這一代：鐘鳴評論集》，黃禮孩主編廣州：《詩歌與人》2015年，總第39期。

20 鐘鳴：《旁觀者》，前揭，第722-726頁。

的語彙」[21]。這種蛻變類似羅蘭・巴特在《戀人絮語》中的自白：「我是受文學薰陶長大的，一開口就難免借助那套陳舊的框框，但我有自己獨特的力量，篤信我自己的世界觀。」[22]鐘鳴雖難免也被其生長的時代與環境中的話語所浸潤，難以擺脫「陳舊的框框」，但他足夠獨特的力量早已為其量身定製了新的生產線，嶄新面貌的〈垓下誦史〉便是在他的詩歌話語裝置中被重塑的產物。

值得注意的是，鐘鳴通過拉開題目與詩歌文本之間的距離以及詩歌文本與情感經驗之間的距離，構造出了一個容量更大的詩意空間。這首詩以包含著懷古幽情密碼的「垓下」為題，所「誦」的，卻是1859年以來的世界近代歷史；在詩歌文本之外透露的，則是詩人在現代社會中無從釋懷的對於歷史倫理的緊張感。這種寫作的思路在鐘鳴的〈爾雅，釋君子于役〉一詩中表露得更為明顯：《詩經・王風》中〈君子于役〉的主題為遣戍邊地，「君子于役，不知其期」，既抒發了妻子的思夫之情，又傳達了丈夫的徭役之苦。鐘鳴以「君子于役」為題，寫得卻並非先秦時期的戰事，而是唐代薛仁貴征伐高麗的史實，意欲抒發的則是詩人在中朝邊境的集安縣服兵役時的一種微妙感受[23]。鐘鳴在即逝的時間和危險的空間中收放自如以保持微妙的平衡，借助花樣繁多的面具介身於歷史之中，以

---

21 敬文東：《中國當代詩歌精神分析》（北京：中國社會出版社，2010年），第243頁。
22 [法]羅蘭・巴特：《戀人絮語》，汪耀進、武佩榮譯（上海：上海人民出版社，2016年），第14頁。
23 鐘鳴在〈自序・詩之疏〉一文中寫道：「這種純粹衝動的青春練習曲一直演奏到返回鴨綠江邊的集安縣，記憶最深的不是那些支離破碎的詩稿，而是從通化到集安的小火車，是江面上定期漂浮的冰塊，是小縣城的照相館，鮮族人那大缸子裡結冰花的美味鹹菜，大禮堂一間耳房裡徹骨的寒冷，費伍德雪花從破碎的玻璃窗棲身到桌面上，使墨水還未從鋼筆流出來便凝結了，還有像金字塔似的古代將軍墓。我有一首叫〈爾雅，釋君子于役〉的小詩，便是回憶此地的。」鐘鳴：〈自序・詩之疏〉，《中國雜技：硬椅子》，前揭，第3-4頁。

他們的口舌噴薄的詞語雖尖銳甚至粗鄙，卻毫不突兀——無論是歷史時刻隱祕的預言：「先生們，零點時分，在兩半球，猴子／或近似猴子的將在不可見的元素中變化」[24]，還是小卒子直抒胸臆的「皇帝老兒，我操你媽！」[25]。在詩歌中，詩人有權力打破歷史固有的倫理——讓某些人「重返歷史的刀俎」[26]，讓小卒欺君逆上。傅柯在〈何為啟蒙〉一文中提到了歷史－批判中的三條軸線，即知識軸線、權力軸線和倫理軸線。鐘鳴的關於歷史的詩歌中，上述三條軸線清晰可見，不僅以豐富的詞彙完成對知識的重建，更以詩的語言回答了：「我們怎樣構成行使或承受權力關係的主體，以及我們怎樣構成我們行為的道德主體。」[27]克羅齊曾說：「歷史是思維的，詩歌是想像的，這兩者所構成的是我們精神世界的兩個維度，甚至說是唯一的兩個方面，重返歷史地無差別、純粹觀念，超越歷史的純粹普遍性，唯有詩歌，別無他法。」[28]鐘鳴通過詩歌與歷史保持的絕佳距離，以肥皂一般的舌頭吐出歷史的泡影，使詩歌容納歷史、重返歷史甚至超越歷史。

（二）倫理的切點：作為起點的「貝格爾號」

在法國當代思想家菲力浦・拉庫－拉巴爾特與讓－呂克・南茜合著的《文學的絕對》一書中，對詩歌藝術做了如下判斷：「其

---

[24] 鐘鳴：〈垓下誦史〉，《垓下誦史：鐘鳴詩選》（臺北：秀威資訊科技股份有限公司，2015年），第126頁。

[25] 鐘鳴：〈爾雅，釋君子于役〉，《中國雜技：硬椅子》，前揭，第61頁。

[26] 鐘鳴：〈垓下誦史〉，《垓下誦史：鐘鳴詩選》，前揭，第126頁。

[27] [法]蜜雪兒・福柯：〈何為啟蒙〉，顧嘉琛譯，杜小真編《福柯集》（上海：上海遠東出版社，2003年），第542頁。

[28] [義]貝內德托・克羅齊：《作為思想和行動的歷史》，田時綱譯（北京：商務印書館，2012年），第257頁。

他學科和藝術門類湮滅，唯有詩歌藝術將存留，這句話顯然妙不可言，詩歌會因此取代哲學（以及歷史）。然而，這個無比明晰的論斷是從倫理學和教育學，即政治學角度直接影射：詩歌最終沒有（在歷史上）重新贏得它更高的尊嚴，它起初的尊嚴……」[29]詩歌是否將會取代哲學和歷史我們暫且不論，但從倫理學角度看，鐘鳴已然透過詩歌進入了歷史深處，在他的代表作〈中國雜技：硬椅子〉一詩中，如是寫道：

> 當椅子的海拔和寒冷揭穿我們的軟弱，
> 我們升空歷險，在座椅下，靠慎微
> 移出點距離。椅子在重疊時所增加的
> 那些接觸點，是否就是供人觀賞的，
> 引領我們穿過倫理學的蝴蝶的切點？
> （鐘鳴：〈中國雜技：硬椅子〉）[30]

　　這是鐘鳴的詩歌中被人們談論的最多的一首[31]，在對這首詩的諸多闡釋中，許多批評家都注意到了「倫理學」這一關鍵字，但這個詞卻首先與近乎於切點的「那些接觸點」相關。敬文東評論道：「如許年來，中國人對如此切點的如此發現與妙用，何況它還和某種（而不是隨便哪一種）急迫的倫理學聯繫在一起，也許正是

---

[29] ［法］菲力浦・拉庫－拉巴爾特、讓－呂克・南茜：《文學的絕對：德國浪漫派文學理論》，張小魯、李伯傑、李雙志譯（南京：譯林出版社，2012年），第14頁。
[30] 鐘鳴：〈中國雜技：硬椅子〉，《中國雜技：硬椅子》，前揭，第6頁。
[31] 在〈自序・詩之疏〉中，鐘鳴寫道：「（〈中國雜技：硬椅子〉）後來又被翻譯成英文和德文，應該說是我的作品中被人談論最多的一首。」鐘鳴：〈自序・詩之疏〉，《中國雜技：硬椅子》，前揭，第14頁。

〈中國雜技：硬椅子〉的部分祕密、部分魅力之所在。」[32]「四川五君」德文版詩集的譯者蘇珊・格塞則說：「『倫理』作為『表演』的基礎，首先指的是儒教的倫理。這種倫理是一個混合物，有兩種相互決定的成分組成：一種是其文化方面，通過經典化過程，成了一種強大的傳統和統一的文化身份的動力；另一種是其政治方面，作為方式的國教，儒教被用作通向權力的一種手段。」[33]對倫理學的慎微地試探和質詢般地凝視，的確使此詩更富有某種隱祕的魅力；而將詩中的「倫理學」簡單地解剖為儒教倫理（無論屬於過去還是當下）卻有悖於詩人的初衷。在有限的文本空間內部，鐘鳴盡可能打開「倫理」的更多元的內涵；倫理所體現的「宇宙的法則」[34]在彼此勾連的詞語中得以彰顯，如太極中彼此融會的陰陽般審度事物的兩極：軟硬、冷暖、公私、熟稔與破綻、暴力和仁慈……，「某些日常判斷的真理性無疑是倫理學所關心的」[35]，而詩人「關注日常事物潛伏的巨大寓意」[36]，並不急於某一種確切的價值判斷或是簡單地區分所謂的善惡，而是更耐心地在適宜的距離中擔任冷靜但決不冷漠的旁觀者角色。在《中國雜技：硬椅子》一書的自序中，鐘鳴寫道：「我對卡夫卡的箴言心領神會：『人類有兩大主罪，所有其他罪惡均和其有關，那就是：缺乏耐心和漫不經心。由於缺乏耐心，他們被逐出天堂；由於漫不經心，它們無法回去。也許只有一個主罪：缺乏耐心。又去缺乏耐心，他們被驅逐，

---

32 敬文東：《藝術與垃圾》（北京：作家出版社，2016年），第181頁。

33 [德]蘇珊・格塞：〈記憶詩學——鐘鳴的〈中國雜技：硬椅子〉〉，王虎譯，《中國雜技：硬椅子》（北京：作家出版社，2003年），第258頁。

34 「倫理必須體現宇宙的法則。」[德]蘇珊・格塞：〈記憶詩學——鐘鳴的〈中國雜技：硬椅子〉〉，王虎譯，《中國雜技：硬椅子》，第261頁。

35 [英]喬治・摩爾：《倫理學原理》，長河譯（上海：上海人民出版社，2005年），第6頁。

36 鐘鳴：〈自序・詩之疏〉，《中國雜技：硬椅子》，前揭，第13頁。

由於缺乏耐心，他們回不去。」但在我們的詩歌中，被喝彩的是一蹴而就和不擇手段即刻具有破壞性的效果，而遭到諷刺最屬害的則是倫理學，這點值得深思。」[37]實際上，中國本就有強調歷史倫理的寫作傳統，無論是史書中暗含評判的「春秋筆法」，還是懷古詠史詩中觀照現實的價值判斷，都延續著儒家「天道人倫」的基本訴求。時至當代，這種重視歷史倫理的寫作傳統卻悄然失落了。對民生的悲憫、對時代的控訴、對歷史與政治的倫理判斷鮮見於優秀的詩篇之中，彷彿這些已被排除在「詩的語言」之外，成為對「純詩」的玷污、對詩歌容量的挑戰。難道詩的語言與倫理的訴求是不相容的麼？事實並非如此。在鐘鳴的詩中，詩的語言與倫理的訴求就如同雜技表演中堆疊的椅子一般，構成了一種微妙的平衡。

如果說，〈中國雜技：硬椅子〉中的「倫理的切點」對應的是椅子重疊時增加的觸點，是領悟於「日常事物潛伏的巨大寓意」，那麼，這個神祕的切點在〈垓下誦史〉一詩中對應的，便是在詩的航程中不斷在地圖上新添的標注點——那些在歷史與地理中暗藏的絕妙隱喻。〈垓下誦史〉一詩以「貝格爾號」為開端，詩的開頭寫道：「一八五九年，我們的兩隻耳朵突然豎起在／貝格爾號的船板上，舌頭跟海一樣寬，一樣鹹。」[38]在一首著眼於歷史的詩中以貝格爾號（H. M. S. Beagle）作為開始，或許是因為在某種意義上，貝格爾號的航行既是對人類歷史起點的一次發現，又帶來了人類歷史的新的起點。達爾文憑藉他乘坐「貝格爾號」所搜集到的各種博物學資料，完成了偉大著作《物種起源》，鐘鳴的航程也被博物學般豐富的名字填滿，比如徐霞客、威靈頓、馬可·波羅、馬

---

[37] 鐘鳴：〈自序·詩之疏〉，《中國雜技：硬椅子》，前揭，第12-13頁。
[38] 鐘鳴：〈垓下誦史〉，《垓下誦史：鐘鳴詩選》，前揭，第123頁。

克思、凱恩斯、拿破崙、希特勒、達爾文、阿奎拉、魯迅、羅伯斯
庇爾等等人名，瑞典、菲律賓、西印度、埃及、羅馬、釣魚島、薩
丁島、君士坦丁堡、歐亞大陸等地名或者長臂猿、蛙女神、銻錫合
劑、澳洲肺魚、邁錫尼獅子等充滿異質性的事物的名字，這些名字
是散落在輿圖、史冊與辭典中的星點，連接起了不同的時空。通過
詩歌的「再命名」，這些名字與它們所指代的事物漸漸拉開距離，
在詩歌中形成新的序列。博學的詩人曾在一段談論建築的文字中坦
露：「我不是要談建築透視，而是站在旁觀者的立場，提醒諸位，
歷史真相，文學真相，會因觀察角度不同，而有相當的距離這一
現實。」[39]在自稱旁觀者的鐘鳴眼中，被時間分割的歷史彷彿失去
自重，而憑藉事物之間隱祕的聯繫而獲得品質，於是，在歷史的
橫截面上，詩人看見了「一個女皇在後宮觀賞電學試驗，另一個
則在頤和園／扮觀音」[40]。在《旁觀者》一書中，鐘鳴如此寫道：
「1975年當西貢意料之中被北越攻陷時，和這毫無關係的蔣介石，
卻在孤島上斷了氣，毛澤東歎息了一下。是不是對著鏡子，沒人知
道。歎息的性質也沒人知道。歷史學家湯因比，和音樂家蕭斯塔科
維奇也相繼撒手人寰。死而復生和人類一起呼吸新鮮空氣的，只有
從秦始皇陵出土的兵馬俑……，這些都是歷史課本上會自動記載的
死亡。時間只是決定它的語氣。他們是人類的鏡子。代表著生活中
所發生的事實和時代的特徵。」[41]那些在回憶中看似毫無關聯的碎
片，已被拾起並拼接成了時代的鏡子。維特根斯坦曾說：「一個時
代誤解另一個時代，而且是一個小小的時代用它自己下流的方式誤

---

[39] 鐘鳴：《旁觀者》（海口：海南出版社，1998年），第238頁。
[40] 鐘鳴：〈垓下誦史〉，《垓下誦史：鐘鳴詩選》，前揭，第125頁。
[41] 鐘鳴：《旁觀者》，前揭，第559頁。

解所有其他的時代。」[42]鐘鳴顯然深知這一點，並聲稱：「若記憶沒出什麼故障。我從不相信，一個人，一首詩，能改變時代，但我相信，貫穿所有詩篇的那種思想、風格、精神來源，正脫胎換骨，預示新的時代。」[43]因而，鐘鳴堅決地提出了他的倫理訴求：「一代人，得立下一代人的懲戒，沒這道德懲戒，你便成為時代的剽竊者。」[44]

（三）切點的詩學：歷史的旋轉與詩的開端

〈垓下誦史〉一詩被反覆修訂，在已出版的詩文集中，至少可見三個版本[45]。這三個平行且互異的文本，在語詞和意象之中斟酌、減贅或增益，迂迴著的同義反覆恰為我們提供了進入其中的裂隙。然而，對於一首詩的「變遷史」的考察並無意義，實際上，儘管文本的變化在一定程度上可以看出詩人詩學觀念的轉變，但對於具體的詩歌文本的修改來說存在著許多不可控的變數，比如語感的變化、重讀舊作時偶得的靈感甚至排版印刷條件的限制。因此，本文對比〈垓下誦史〉一詩的三個版本並無意於梳理出鐘鳴的詩學觀念的轉變史，抑或看似「知人論世」地從文本外部尋求依據，而是試圖觀察不同文本之間細微的差異以獲得深入文本內部的切點。以

---

[42] [奧地利]維特根斯坦：《文化與價值》，馮‧賴特、海基‧尼曼編，許志強譯（杭州：浙江文藝出版社，2002年），第149頁。

[43] 鐘鳴：《旁觀者》，前揭，第627頁。

[44] 鐘鳴：《旁觀者》，前揭，第194頁。

[45] 依照出版時間，〈垓下誦史〉曾收錄於以下三本書中：《旁觀者》（海口：海南出版社，1998年）；《中國雜技：硬椅子》（北京：作家出版社，2003年）；《垓下誦史：鐘鳴詩選》（臺北：秀威資訊科技股份有限公司，2015年）。此外，另一首以「霸王別姬」為題材，題目亦為〈垓下誦史〉的詩作收錄於《旁觀者》中，詳述見前文。

〈垓下誦史〉中關於歷史的譬喻為例，三個版本所呈現地不同面貌如下：

> 歷史就是這樣常常旋轉為一隻小小的蝴蝶，
> 但不能進行化學分析，就像一個薩丁島的村婦，
> 不能細說羅伯斯庇爾怎樣把自己送往斷頭臺。
> （鐘鳴：〈垓下誦史〉，《中國雜技：硬椅子》）

> 歷史啊，有時甚至會旋轉為一隻小小的蒼蠅，
> 但不能進行化學分析，就像一個薩丁島的村婦，
> 不能細說羅伯斯庇爾怎樣把自己送往斷頭臺。
> （鐘鳴：〈垓下誦史〉，《旁觀者》）

> 歷史，或許，甚至真得會旋轉為一隻蒼蠅嗡嗡，
> 但不能進行化學分析，就像一個薩丁島的村婦，
> 不能細說羅伯斯庇爾如何把自己送上了斷頭臺。
> （鐘鳴：〈垓下誦史〉，《垓下誦史：鐘鳴詩選》）

　　除去個別字詞的變化（如「薩丁島」、「如何」等），以上三個版本中最顯著的差異在於將歷史的旋轉比作蝴蝶還是蒼蠅。雖然同為飛蟲，蝴蝶與蒼蠅在形象和情感上存在明顯的差異——蝴蝶輕盈、優美、令人愉悅，蒼蠅則相反[46]。蝴蝶是詩人們極為偏愛的意象，也是古典文學中最為靈動的符號之一，莊周夢蝶的虛幻、梁祝

---

[46]　參閱敬文東：〈作為詩學問題與主題的表達之難——以楊政詩作〈蒼蠅〉為中心〉，瀋陽：《當代作家評論》2016年第5期。

化蝶的淒美、寶釵撲蝶的活潑都包藏其中；古詩中有關蝴蝶的詩句數不勝數，早在新詩的草創期，蝴蝶就迫不及待地飛入了詩行，如胡適的「兩個黃蝴蝶，雙雙飛上天」[47]；而胡適的那對蝴蝶翩飛至「鶴君」張棗的筆下，便成了：

> 如果我們現在變成一對款款的
> 蝴蝶，我們還會嗎嗎地談這一夜。
> （張棗：〈蝴蝶〉）[48]

在鐘鳴那裡，「蝴蝶」也曾多次出現在《中國雜技：硬椅子》中，蝴蝶是對雜技表演所具有的某種觀賞性的一種特別修飾，引領人們的視線穿過倫理學；而〈著急的蝴蝶〉中，蝴蝶與年齡聯繫在一起，「氣韻深長，且危險」，同時「她的雙翅像集郵似的集風光」。在詩集《中國雜技：硬椅子》收錄的〈垓下誦史〉中，詩人以肯定的語氣寫道：「歷史就是這樣常常旋轉為一隻小小的蝴蝶」。蝴蝶輕盈旋轉的形象、它的觀賞性以及某種危險、某種不可名狀的神祕性與充滿偶然性和巧合的、循環往復且並不真實的歷史聯繫在一起，尤其是二者既虛幻又真實的一面：蝴蝶在光中「濾過的物質是假物質」，如同幻覺但帶來真實的美好；歷史在後人眼中呈現的玄學的、虛假的面目，但歷史中的人或記述歷史的人所包含的真情實感總是難以磨滅。然而，「發表真實的陳述不是詩人的任務」[49]，在對歷史的聚焦與重塑中，鐘鳴捨棄了這個蝴蝶的譬喻。

---

[47] 胡適：〈蝴蝶〉，《嘗試集》（上海：上海書局，1982年），第1頁。
[48] 張棗：〈蝴蝶〉，《張棗的詩》（北京：人民文學出版社，2017年），第116頁。
[49] 瑞恰慈語，轉引自趙毅衡：《重訪新批評》（天津：百花文藝出版社，2009年），第7頁。

「蝴蝶死去的日子是骯髒的」[50]，蝴蝶安靜且輕盈的形象與沉重的、喧囂的歷史之間仍然存在無法咬合的細齒，在後來修訂的版本中，蝴蝶被替換成蒼蠅，在語氣上也放寬了幾分餘地。最後一個版本的修訂時間是2013年，這個版本中，「歷史啊，有時甚至會旋轉為一隻小小的蒼蠅」改寫成了「歷史，或許，甚至真得會旋轉為一隻蒼蠅嗡嗡，」增加了對蒼蠅的聲音形象的塑造，更貼合於詩中繁複的人名、地名、歷史景象所營造的喧囂之感。與蝴蝶相比，蒼蠅這一形象帶來的情感更偏向負面。儘管周作人在他的散文中提到：「蒼蠅不是一件很可愛的東西，但我們在做小孩子的時候都有點喜歡他」、「中國古來對於蒼蠅也似乎沒有什麼反感」，在詩中，周作人卻直言「我不能愛那蒼蠅。／我憎惡他們，我詛咒他們」[51]。這種繁殖力驚人的昆蟲使人想到鐘鳴詩中常常使用的另一意象——麻雀（在特定的歷史語境下，麻雀與蒼蠅同為「四害」中的「盟友」）。在〈垓下誦史〉中，鐘鳴寫道：「讓一隻麻雀站在鐵的三角形上／就像希臘讓海倫和中國人讓孔夫子去作炮灰」[52]；在〈我只能這樣〉中則有「但我一定要說出真理，／寧可麻雀叫我大嗓門」[53]這樣的詩句。也許，在鐘鳴看來麻雀是與瘦子、與旁觀者相對的一個形象，是如同「中國人讓孔夫子去做炮灰」這般危險的角色，看似荒誕卻真實存在著；是吵鬧的、愚昧的、遠離真理的。和麻雀相似，蒼蠅同樣承載著這樣一種類似的危機——虛空而危險。如楊政的〈蒼蠅〉中所寫：

---

[50] [智利]貢薩洛・羅哈斯：《太陽是唯一的種子》，趙振江譯（北京：商務印書館，2017年），第53頁。
[51] 周作人：〈蒼蠅〉，《雨天的書》（北京：華夏出版社，2010年），第58頁。
[52] 鐘鳴：〈垓下誦史〉，《中國雜技：硬椅子》，前揭，第122頁。
[53] 鐘鳴：〈我只能這樣〉，《中國雜技：硬椅子》，前揭，第126頁。

這隻蒼蠅急著打開自己，打開體內蕭索的鄉關

在物種孑遺的虛症中顫簌，誰在精挑細選我們？

（楊政：〈蒼蠅〉）[54]

羅蘭・巴特說：「任何作品的『風格』都無法避免被歷史討論，即便上乘的文字也不例外。」[55]鐘鳴的詩歌也難免被置於歷史的討論之中，在1990年代的一篇文章中，歐陽江河寫道：「鐘鳴近年來詩歌寫作的變化與它的隨筆寫作及評論工作有直接關係，他善於將古漢語詞根與現代漢語詞根混合在一起使用，這已經不能以語碼轉換中的借用這一概念來加以說明。鐘鳴顯然在嘗試一種與眾不同的語言風格，他對史事寫作的可能性也有自己的獨到見解。」[56]歐陽江河已經注意到鐘鳴與眾不如的語言質感，無論是詩歌還是隨筆寫作，鐘鳴的語言都富有一種飽滿的、古雅的、繁複的、博學的氣質。他的詩歌語言中常見文言與白話相雜糅的詞語和句式，比如〈羽林郎〉一詩中的「清風啊，飄我衣」、〈與阮籍對刺〉中的「隱回松林中，登高而有所思」等等，這使他的語言具有一種獨特的質感。這種遣詞造句的方式也許和現代漢語的詞彙量的縮小相關，鐘鳴在〈樹皮、詞根、書寫與廢黜〉一文中寫道：「我們的詞彙量，正在公文勢力的擴大中縮小。這在日常生活中很難覺察。因為這種削減，是隱祕地、緩速而長期進行著的。就像尖端麻醉術

---

[54] 楊政：〈蒼蠅〉，《楊政詩選：蒼蠅》（北京：海豚出版社，2016年），第247頁。

[55] ［法］羅蘭・巴特：《神話修辭術》，屠友祥譯（上海：上海人民出版社，2016年），第105頁。

[56] 歐陽江河：〈1989年後國內詩歌寫作：本土氣質、中年特徵與知識份子身份〉，《站在虛構這邊》（成都：四川文藝出版社，2018年），第47頁。

下的大腦半球額葉切除術一樣，我們絲毫不會感到肉體上的痛苦和損失。其數量差異也許要做高精密的數量統計才能發現，要由健全的智慧和極端貧困的詞彙發生戲劇衝突時才可能顯示。」[57]鐘鳴詩歌所要表達的「智慧」因其豐富的詞彙量以及對文言詞彙的適當運用才未能受限。在〈旁觀者之後〉一文中，鐘鳴說：「我寫隨筆，很多人不懂，我用的詞新華字典裡都有。我描述，不下結論，但聰明人一看就明白了，知道我在說什麼。我寫《畜界，人界》，他們以為是虛構的，說我在那胡編亂造，他們忘記了那是文學，而且，和他們說的相反，許多事物，我都是可以考證出來的，還有很多古人就已考證出來了，我只是加以利用發揮而已，哪個是杜撰出來的？」[58]除了融合古代漢語與現代漢語，鐘鳴還在「史事寫作」方面進行了創新的嘗試，但他的「獨到見解」的具體面貌在歐陽江河的文章中並未得到討論。而在派特里齊亞·隆巴多關於羅蘭·巴特的研究文章中，或許透露了「史事寫作」可能性的答案：「人們無法化解語言與歷史之間的聯繫，歷史總被理解為現今的傲慢，多少有些像一種生活中無所不在的、朦朧而隱蔽的必需品，是一大堆的神話、烏托邦、制度、潮流。這種聯繫是無法消解的，也是雙重性的：他們同時即是友好的，又是反叛的，對抗的與共謀的，既有一種歸屬感，又渴望保持距離。」[59]或者，如傅柯所說：「我們的理性就是話語的差異，我們的歷史就是時間的差異，我們的本我就是面具的差異。」[60]鐘鳴詩歌所構成的半衡，不僅存在於詩的語言和

---

[57] 鐘鳴：〈樹皮、詞根、書寫與廢黜〉，《秋天的戲劇》，前揭，第74頁。

[58] 鐘鳴、曹夢琰等：〈「旁觀者」之後——鐘鳴訪談錄〉，合肥：《詩歌月刊》2011年第2期。

[59] [義]派特里齊亞·隆巴多：《羅蘭·巴特的三個悖論》，田建國、劉潔譯（上海：華東師範大學出版社，2017年），第1-2頁。

[60] [法]蜜雪兒·傅柯：《知識考古學》，謝強、馬月譯（北京：生活·讀書·新知三聯

倫理的訴求之間，更存在於時間與空間、歷史與語言之間。這正是鐘鳴詩歌創作中最獨特的「個性」所在。

詩歌與歷史之間這種微妙的關係以及鐘鳴為此所發明的新語彙，使我們不得不返回最初的疑問，追溯鐘鳴詩歌的開端。這個開端不只是靈感的來源，也不僅僅是所謂的寫作的起點——「傳統上所認為的詩歌的發端就是靈感。由此產生了關於開端的奇怪的悖論：靈感作為詩歌的起源，反而在詩歌的開端之後。」[61]當然，寫作的出發點也是不容忽視的。鐘鳴在回憶他的寫作經歷時寫道：「我的第一首詩，寫作地點是黑龍江的鏡泊湖，那是我正在服兵役，已在烈日、稀泥和螞蟥纏身的印度支那待了兩年多——和我共同擁有這段生活的人，一輩子都得掏肺搗腸地回憶它。」[62]北方的寒冷和粗礪以及南方的敏感和細膩塑造了一個詩人，軍營和學院兩種環境分別賦予了鐘鳴的迅捷平穩的語速和自由智性的聲調，詩友與知音傳遞了寫作的熱情與共同的經驗。但一切的開端或許都可以歸於鐘鳴以旁觀者的神色對時代敏感的體察，以及他在時代之中意欲表達的情緒：

> 你掉進憂愁發洩的苦海，抓不到沉身。你想表達，卻捕捉錯了對象。表達某種感情或接受這種感情，都啞巴似的簽了契約。交往唐突，柔聲細語與環境不配，生活細節與道德不吻合。歷史記憶不起作用。生硬的空氣，抓住所有的人。強人，小市民，掮客，意識形態的歹徒，盜雞販狗，興奮地出

書店，2003年），第147頁。

[61] [英]安德魯‧本尼特‧尼古拉‧羅伊爾：《文學、批評與理論導論》（桂林：廣西師範大學出版社，2007年），第2頁。

[62] 鐘鳴：〈自序‧詩之疏〉，《中國雜技：硬椅子》，前揭，第2頁。

賣靈魂。一個不知廉恥的時代,所產生的壓抑,厭煩,和本
能察覺的惡性事件,遠遠超過了人的感知力。[63]

　　作為一首複雜的長詩,〈垓下誦史〉的獨特面貌打開了當代漢
詩書寫的新的可能性,鐘鳴用詩的語言,重構歷史話語的倫理,在
歷史的橫截面中縮短時間與空間的距離,巧妙地維繫著歷史、語言
與倫理之間的平衡。更值得一提的是,鐘鳴從未沉浸於遙遠的歷史
和虛構的神話,雖不跟隨潮流,但也從未與時代脫軌,他以旁觀者
的姿態和浸潤歷史的詩行表達著的不是陳舊的過去,而是滋生於當
代的某種智慧與公理——

　　　　小子,我可以和你對質
　　　　而時代,我能跟上你,
　　　　但,我也只能這樣。
　　　　(鐘鳴:〈我只能這樣〉)[64]

---

[63]　鐘鳴:《旁觀者》,前揭,第344頁。
[64]　鐘鳴:〈我只能這樣〉,《垓下誦史》,前揭,第138頁。

附錄二、迴響與共鳴：
鐘鳴詩歌中的時間與空間
——兼論新詩與「傳統」的關係

　　回顧新詩百年歷史，新詩與「傳統」的關係始終是詩人和批評家們關注的焦點。新詩如何汲取古典資源方面，不同時代、不同地域、不同流派的詩人們以各自的寫作實踐交出各異的答卷：有的詩歌著意古風的用詞，通過「煉字」臻致文本的輕盈；有的詩歌穿插文言的句法，製造語法的斷裂以增添詩句的質感；有的詩歌崇尚古典的意趣，以頗具古意的意象營造悠遠的意境；有的詩歌則包含傳統的典故，借助「互文性」拓展詩意的容量；還有一些詩歌重塑古詩的題材，從「古題新詠」中汲取靈感與美學資源……，這些嘗試無疑都為新詩的發展拓寬了路徑，但僅僅以這種相對淺顯的、表面的方式與古典相連，顯然無法使以夢為馬「去建築祖國的語言」（海子語）的詩人們滿足。上世紀80、90年代起，一些詩人開始為轉化「傳統」資源、豐富新詩面貌而進行了諸多新的試驗。

　　以詩人鐘鳴為例，他的創作中便有許多與「傳統」聯繫緊密的詩篇。這些詩歌往往包裹著多重時空維度，尤其是在其「古雅

時期」[1]的詩作，更是結構繁複、意蘊深奧且「聲部眾多」[2]。鐘鳴認為：「文學必須帶來的新的戰慄。而只有新的經驗才能做到這點。」[3]鐘鳴所說的「新的經驗」必然是現代的經驗，但並不完全等同於現代，它更傾向於是一種在現代和不大久遠的未來之間以歷史為鏡鑑所做的預言。恰如蒂姆·阿姆斯壯（Armstrong T.）所說：「現代主義的特點之一就是其對時間性所做的動態處理：過去、現在和將來同處於危機之中。」[4]鐘鳴的詩歌在這重重危機之下製造了一種新鮮的「美麗的危險」[5]，並且這種危險是詩歌固有的內在本質[6]，如塞壬（Siren）的歌聲一般動人卻危險的詩句正誘惑著掉以輕心的水手或詩人走向深淵。在倉促易逝的時間和危機四伏的空間中，鐘鳴穿過了被「傳統」緊鎖的那一扇扇「克里納門」（Clinamen）[7]——偏離使「傳統」變得可能——於是，古典的過去

---

[1] 鐘鳴給《元寫作》第7輯提供〈爾雅，釋君子于役〉的原始手稿並增添文字說明：「此詩作於1993年，為余古雅時期作品之一，詩的內容敘余青年時期服兵役至中國北方通化地區的生活……。」鐘鳴所提到的「古雅時期」雖然沒有一個明確的劃分，但根據鐘鳴的創作年表，大致歸納出這一時段：1992年開始創作的未完成的組詩《歷史歌謠與疏》可算作古雅時期創作的一個標誌，直到1997年的組詩《曼德爾施塔姆在彼得堡》完成（這首組詩的風格和題材與之前有所不同），這五年間的創作，或許可稱為鐘鳴創作的古雅時期。

[2] 敬文東：〈我們和我的變奏〉，長春：《文藝爭鳴》2016年第8期。

[3] 鐘鳴：《旁觀者》（海口：海南出版社，1998年），第862頁。

[4] [英]蒂姆·阿姆斯壯：《現代主義：一部文化史》，孫生茂譯（南京：南京大學出版社，2014年），第15頁。

[5] 張棗〈鏡中〉一詩寫道：「危險的事固然美麗」。

[6] 帕斯（Octavio Paz）認為：「詩歌的危險本質內在於它的成分裡，而且是所有時期裡和詩人身上常有的。」[墨西哥]奧克塔維奧·帕斯：《雙重火焰——愛與欲》，蔣顯璟、真漫亞譯（北京：東方出版社，1998年），第4頁。

[7] 布魯姆在《影響的焦慮》（1973）一書中將「誤讀」命名為「克里納門」（clinamen），這個名稱來源於物理學家盧克萊修（Lucretius），指原子的「偏離」（swerve）使得宇宙的變化成為可能。布魯姆使用了「克里納門」一詞來描述詩人為了建立自己的文學地位而對其先輩的影響進行的「偏離」。「詩的影響」的研究者不得不是一個不純粹的超物理學者。他必須理解：「克里納門」必須永遠被視為彷彿同時「有意向的」和「無意的」一種行為——既是每個詩人的「精神形態」，又是每個詩人的墮落的軀體掉入地獄深淵的實地上時自發地做出的姿態。[美]哈樂德·

傳來此起彼伏的回聲，這「聲音同時濃縮了時間與空間」[8]，最終形成了時空的共鳴。

（一）時間：來自古典的迴響

> 日往則月來，月往則日來，日月相推而明生焉。寒往則暑來，暑往則寒來，寒暑相推而歲成焉。
>
> ——《周易‧繫辭》[9]

人類對於時間的認識首先來自於自然有序的變化：日的東升西落，月的陰晴圓缺，四季的更替輪回。繼而，伴隨著人們根據時令或物候展開的農作和祭祀，時間在詩歌中亮相，告訴人們「日出而作，日入而息」（〈擊壤歌〉），「七月流火，九月授衣」（《詩經‧豳風‧七月》）。隨後，人們關於時間更深入的認知源自對人類文明發展的體認，即神話傳說與歷史記載。對於許多民族而言，這種時間感融入到史詩之中，憑藉人們的傳唱世代延續著。而華夏民族的先民們，也通過詩歌反覆錘鍊的語言凝結著歷史的記憶，從「厥初生民」（《詩經‧大雅‧生民》）的追憶到「人事有代謝，往來成古今」（孟浩然〈與諸子登峴山〉）的慨歎，無不印證著時

布魯姆：《影響的焦慮：一種詩歌理論》，徐文博譯（南京：江蘇教育出版社，2006年），第45頁。此處借「門」的諧音一語雙關。

[8] 閔可夫斯基（Hermann Minkowski）《走向宇宙論》中認為，生命的本質是一種參與到滾滾向前的洪流中去的感受，這種種感受必須首先表現為時間，其次才表現為空間。由此閔可夫斯基選擇了他稱之為聽覺隱喻的「迴響」，因為聲音同時濃縮了時間與空間。[法]加斯東‧巴什拉（Gaston Bachelard）：《空間的詩學》，張逸婧譯（上海：上海譯文出版社，2013年），第2頁譯注。

[9] [魏]王弼注，[唐]孔穎達疏：《周易正義》，《十三經注疏》（上）（北京：中華書局，1980年），第87頁。

間與詩的隱祕關聯。

時至近代，鐘錶將時刻精準地劃分，帶來現代人獨有的緊張而急促的時間感受。這種感受與現代社會的經濟發展以及日常生活的巨大變遷緊密相關，葉文心在《上海繁華：都會經濟倫理與近代中國》一書中寫道：「為了融入現代經濟領域，時間被當作一種標準化的度量，用以統一安排人們的生活節奏。」[10]1930年代，詩人陳江帆敏感地覺察到了鐘錶帶來的具有「現代性」的急迫的、令人膽怯心驚的時間感受，他在〈檯鐘〉一詩中寫道：「為了明朝不勝於作工的前額，／試停滯檯鐘的足程吧，／但我擔心將受驚於鄰居的時計。」[11]麥克魯漢（Marshall McLuhan）的巨作《理解媒介》也對此有著敏銳的判斷：「我們將時間切分為統一的、可以視象化的單位，由此產生了我們對『期間』的感覺，產生了我們對兩件事情之間延誤時間時不耐煩的感覺。」[12]對於時間感與現代生活以及詩歌之間的關係，鐘鳴精闢地總結道：「時間在身外索取，又絕非索取者本身。」[13]

由於對時間感受的變化，時間在古詩與新詩中自然呈現出不同的面貌。然而，在鐘鳴的詩歌中，橫亙古今之間的屏障彷彿已被詩人錯落有致的聲音和絕妙的構詞法所打破，時間反而成為他的詩歌中連貫古今的共同編碼。以〈爾雅，釋君子于役〉[14]一詩為

---

[10] [美]葉文心：《上海繁華：都會經濟倫理與近代中國》，王琴、劉潤堂譯（臺北：時報出版公司，2010年），第115-116頁。
[11] 陳江帆：〈檯鐘〉，北京：《學文》1934年第3期。
[12] [加拿大]馬歇爾·麥克盧漢：《理解媒介·論人的延伸》，何道寬譯（南京：譯林出版社，2011年），第168頁。
[13] 鐘鳴：《旁觀者》，前揭，第253頁。
[14] 鐘鳴〈爾雅，釋君子于役〉：「風兒吹呀，吹跑了單騎／有個農夫，有個王子／必須狠心地和一棵樹告別／跨上黑馬，金子的頭盔／驢哥兒，驢哥兒，走呀／到狂沙裡兜兜風／卒子：快說呀，風兒／對這些性子暴烈的人／快來呀，號召這些／習

例，這首詩的靈感來源是詩人對他曾服過兵役的邊境小城集安的回憶[15]。此詩的題目具有一種古典意味，〈君子于役〉出自《詩經‧王風》，大意為妻子懷念遠行服役的丈夫；《爾雅》是古代的辭書，可以視為一部同義詞的辭典——因此，〈爾雅，釋君子于役〉這個題目可以理解為詩人試圖對「君子于役」的詞義進行闡釋。這首詩並不是一首常見的「古題新詠」的詩，在這個題目之下，詩人並沒有落入俗套地描寫先秦戰事或丈夫久役，妻子思夫。「君子于役」所強調的是「在邊疆服役」這層含義。在這首詩中發出聲音的「薛仁貴」和「高麗王」表明，詩中涉及的史事是唐代薛仁貴征伐高麗。《詩經》的影響在此發生偏離——這首詩通過拉開題目與詩歌文本之間的距離以及詩歌文本與情感經驗之間的距離，構造出了一個容量更大的詩意空間，這便是鐘鳴的「古題新詠」或者書寫歷史的詩歌中比較獨特的地方。詩歌的題目是來自《詩經》中的「君子于役」，是一個先秦的典故，詩歌文本的內容是大唐和高麗之間的戰事，表達的情感經驗則是詩人在集安的服役經歷，這三者在時空上彼此存在距離，但又以某種微妙的方式聯繫在一起——由君子

慣於揭竿而起的人／還鄉已成為我們的疾病／／薛仁貴：（號角聲）瞧，一群魔鬼：／忽必烈要打入中原／要奪妻子，要吃聖人／摩利支那廟要過江／異教徒的語言要改造／我們豐饒的生活……／風兒吹呀，幾顆沒牙的頭骨／人民吃緊，餵肥的馬兒吃緊／美女還在後庭陪著皇帝／卒子：皇帝老兒，我操你媽！／一顆頭掛進了竹籠／一粒米大的牙齒／一具活剮的肉身／那告示上的是我的兄弟呀／風兒吹掉了將軍的扣子／玉門的柳兒將它縫好／濯足的水喲，沖沒愛情／只有小墳場和高麗王／高麗王：哇，這就是漢族呀！／把一罐蜜和月兒混淆／尚武的鞍囊，孤零零的死亡／帝國總是用農夫的血作王子／／風兒吹滅了燈籠／將軍呀，度了陰山／過了集安，卻把儂心刺破／／花旦：還要不要生育呀？」鐘鳴：《中國雜技：硬椅子》（北京：作家出版社，2003年），第60-62頁。

15 在軍隊的生活對鐘鳴的創作影響頗深，他在黑龍江鏡泊湖寫了第一首詩，後來又隨軍到了中朝邊境，這段服役的經歷以及在北方邊境城市生活的獨特感受成為他創作的一種「資源」。參見鐘鳴：〈自序‧詩之疏〉，《中國雜技：硬椅子》，前揭，〈前言〉，第3-4頁。

于役可聯想到守衛邊疆，由守衛邊疆聯想到薛仁貴征伐高麗，而這個戰爭的遺跡「古代將軍墓」又使人聯想到鐘鳴在邊境小城集安的生活經驗。這些內容彼此相隔時空的看似距離很遠，但交織在詩中並不突兀跳脫。這首九小節的詩歌如同一個纏繞在一起的九連環，只要讀者理清頭緒，便會發現這由文字鑄成的鐵環是首尾相接、環環相扣的。拆解這個精緻的九連環，這位巧智的詩人或匠人漸漸展露出他別具一格的進入時間的方式。

從〈爾雅，釋君子于役〉一詩的結構來看，全詩有四個小節類似於「旁白」或「畫外音」，可以看作是詩人的聲音，另外五個小節的發聲者分別是卒子、薛仁貴、高麗王和花旦。旁白將來自四個發聲者的五段聲音分割，旁白段落的末尾往往與下一小節的內容形成類似「頂真」的修辭。比如，第一節末尾是「風」，第二節開頭便是「快說呀，風兒」；第四小節末尾是皇帝，第五小節開頭是「皇帝老兒」；第六小節結尾是高麗王，第七小節的發聲者便是高麗王；第八小節結尾是「卻把儂心刺破」頗具戲曲中旦角的聲調和語氣的短句，第九節便是以花旦為發聲者。「天氣是時間能夠進入的唯一去處」[16]，「風」連接了詩中不同的時空場景，引出了不同的聲音。

第一節的「風兒吹呀，吹跑了單騎」採用了民歌中常見的起興方式。「單騎」是指一人一馬獨自前行，使人不禁聯想到英雄關羽「千里走單騎」的典故。「單騎」本應是一個英勇的形象，但這裡的風兒卻把「單騎」吹跑了，在呈現出一種衝突感的同時，也讓讀者感受到「風」的力量。「風」的意象在詩中多次出現，此處的描

---

[16] [俄]德拉戈莫申科（Arkadii Dragomoshchenko）：〈不是夢……〉，《同義反覆》，劉文飛譯（香港：牛津大學出版社，2011年），第85頁。

寫暗示我們——這種風絕不是江南和煦的微風，而一定是北方裹挾著狂沙的猛烈的、暴烈的、刺骨的、迷眼的、讓人臉頰生疼的風。第一小節中的「農夫」和「王子」可能是指詩歌中的薛仁貴和高麗王，薛仁貴在成為將軍前是一個農夫，高麗王在成為王之前是一個王子，他們出身不同卻在某一時刻面臨了同樣的命運，即「狠心地和一棵樹告別」，「跨上黑馬」然後戴上「金子的頭盔」，奔赴戰場。第二小節的發聲者是卒子，「風」在這一小節中成為卒子對話的對象——讓「風」號召性子暴烈的、「習慣於揭竿而起的人」。「還鄉已成為我們的疾病」體現出了卒子既厭戰又反叛、既充滿怒氣又充盈哀愁的複雜情緒。風兒繼續呼嘯，吹到了詩的第四小節。此處的「風兒吹呀」與第一小節的「風兒吹呀」相對應，「沒牙的頭骨」「人民吃緊，餵肥的馬兒吃緊」，表明前線戰事緊張、殘忍，人民疾苦，「美女還在後庭陪著皇帝」，則反諷還在享樂的統治者。「美女還在後庭」借用了杜牧〈泊秦淮〉中的「商女不知亡國恨，隔江猶唱後庭花」。〈後庭花〉是南朝陳後主作的曲，亦有亡國之音的典故。

第六小節依然是以「風兒」這一意象開頭。這裡的風兒比起吹跑了單騎、吹著沒牙的頭骨的風相比，顯然溫和了許多——它只不過吹掉了將軍的扣子。扣子這個意象意味著一種關聯性，強調一種隱祕的聯繫。張棗的〈春秋來信〉寫了「綠扣子」，扣子掉落並被拾起的過程聯絡了夢境與現實；在鐘鳴的詩中，扣子被風吹落，又被玉門的柳縫合，扣子掉落並被縫合的過程則聯絡了歷史與現實。玉門的柳這個意象讓人聯想到王之渙〈涼州詞〉中的「羌笛何須怨楊柳，春風不度玉門關」。詩人顯然也借用這個典故，擴展了詩的容量。「濯足的水」這個意象，和「滄浪之水清兮，可以濯吾纓。

滄浪之水濁兮，可以濯吾足」相關；「小墳場」和詩人曾多次回憶的邊境小城集安中的將軍墓相關。旁白音的第四次出現在第八小節，仍然包含「風兒」的意象。這裡所用的典故是王昌齡〈出塞〉中的「但使龍城飛將在，不教胡馬度陰山」。詩中的這些典故連綴了不同時空，並恰到好處地引起了讀者的想像。

　　邊境小城集安是詩人服兵役時曾駐紮的地方，也是薛仁貴墳墓的所在地，因此這個地名成為連接詩歌中不同時空的交匯點所在。面對古代遺跡生發懷古憑弔之情的創作在古詩中十分常見，這種「往事再現」實際上也是古詩與新詩共同編碼的之一，宇文所安（Stephen Owen）在《追憶》一書中寫道：「套用舊故事寫新故事，這種做法值得我們注意。當早先的作品既吸引讀者，又使讀者不安時，這種現象就出現了。通過增補、刪節和修改，後世的作家重新編寫了原來的故事，使得它不至於在那樣讓它焦慮不安。」[17]宇文所安關注的是中國古典文學中的「往事再現」，套用舊故事寫新故事是古典文學中常見的一種模式，在鐘鳴某些有些敘事色彩的詩歌中，也常見這種模式。此外，鐘鳴的創作中還不乏如同杜牧的〈赤壁〉一詩一般發現「古物」並「認前朝」的詩或者像李賀的〈長平箭頭歌〉一樣通過「斷片」實現往事再現的詩。宇文所安認為：「記憶的文學是追溯既往的文學，它目不轉睛地凝視往事，盡力要擴展自身，填補圍繞在殘存碎片四周的空白。中國古典詩歌詩中對往事這個更為廣闊的世界敞開懷抱：這個世界為詩歌提供養料，作為報答，已經物故的過去像幽靈似的通過藝術回到眼

---

[17] ［美］宇文所安：《追憶：中國古典文學中的往事再現》，鄭學勤譯（北京：生活・讀書・新知三聯書店，2014年），第45頁。

前。」[18]這些追憶往事的詩歌通過互文不斷使我們回到過去，鐘鳴的詩歌也具有這樣的特點，對典故的運用和對歷史的回憶不僅是鐘鳴詩歌與古典文學的關聯的方式，更是二者內在一致性的體現，正如薩義德（Edward Waefie Said）所說：「偉大消滅了時間的順序，也消滅了時間的種種移除行為。偉大的詩是它自身連綿的時空，兼併了其他書寫，與之混合為『同一思想』。」[19]正是來自古典的迴響增加了詩歌的厚度，使詩歌本身穿越了時間的限界，緊緊握住了即逝的暫態、尋回了歷史的時計，甚至建立了新的時空秩序：既濃縮了對自然輪回與歷史變遷的樸素認知，又把握住了精準而緊張的現代時間感。而能將這一切呈現出來的鐘鳴的詩歌語言，必將富有一種飽滿、古雅、繁複而博學的氣質。

（二）空間：文本與現實的共鳴

> 空間在千萬個小洞裡保存著壓縮的時間。這就是空間的作用。
> ——[法]加斯東・巴什拉：《空間的詩學》[20]

空間是與時間相對的一種客觀存在形式，它是人們認識時間的途徑，也是儲存時間的容器。巴什拉認為：「人們有時以為能在時間中認識自己，然而人們認識的只是在安穩的存在所處的空間中的一系列定格，這個存在不願意流逝，當他出發尋找逝去的時光時，

---

18 [美]宇文所安：《追憶：中國古典文學中的往事再現》，前揭，第3頁。
19 [美]愛德華・W.薩義德：《開端：意圖與方法》，章樂天譯（北京：生活・讀書・新知三聯書店，2014年），第47頁。
20 [法]加斯東・巴什拉：《空間的詩學》，張逸婧譯（上海：上海譯文出版社，2013年），第8頁。

他想要在這段過去中『懸置』時間的飛逝。」[21]詩歌本身也是這樣一種「保存著壓縮的時間」的空間，在莫里斯‧布朗蕭看來，詩歌就如同一個浩瀚的詞語天地，「這些詞語之間的關係、組合及能力，通過音、像和節拍的變動，在一個統一和安全自主的空間裡得以體現」[22]。在鐘鳴的詩歌中，文本的空間與現實的空間如無際的回聲與喃喃的低語一般融為一體，形成詩意的共鳴。

　　繁複的修辭術和豐滿的多聲部構成了鐘鳴詩歌中變幻無窮的獨特空間，在他早期代表作〈中國雜技：硬椅子〉一詩中，詩人通過運用「不斷交叉換位的人稱代詞」[23]和古今交錯的意象對空間的利用和延伸可謂淋漓盡致。〈中國雜技：硬椅子〉一詩雖然看似不如詩人「古雅時期」的創作那般與古典詩歌有緊密關聯，但實際上，這首詩中包含了詩人對傳統的許多理解，〈中國雜技：硬椅子〉這個題目本身就為這首詩限定了一個民族的語境，使這首詩所描繪的內容帶有一種傳統的、民族的、古典的色調。在〈自序‧詩之疏〉中，詩人說道：「這首詩，從方法上來說，有麥克魯漢的影子——那就是關注日常事物的潛伏的巨大寓意；就故事而言，是我在讀黃仁宇先生的《萬曆十五年》時出發的，他描述了一個皇帝在上課時（即所謂的『經筵』），椅子讓他感到十分難受，而在我過去的觀念中，萬人之上，龍椅應該非常舒適，這種反差正好成了我寫作的契機。」[24]「椅子」這一意象勾連了詩歌中不同的空間，是舞臺上雜技演員「升空歷險」的道具，是舞臺下觀眾緊靠著的憑依，是皇

21　[法]加斯東‧巴什拉：《空間的詩學》，前揭，第8頁。
22　[法]莫里斯‧布朗蕭：《文學空間》，顧嘉琛譯（北京：商務印書館，2003年），第23頁。
23　敬文東：〈我們和我的變奏〉，長春：《文藝爭鳴》2016年第8期。此文對〈中國雜技：硬椅子〉一詩中的人稱代詞的變幻進行了絕妙的論述。
24　鐘鳴：〈自序‧詩之疏〉，《中國雜技：硬椅子》，前揭，前言第13頁。

帝畏懼的目光，是人民隱祕的權力，是薄如空響的臉面，也是柔軟卻脆弱的身體。麥克魯漢在《理解媒介》一書中寫道：「椅子作為人的延伸，是從臀部分離出來的專用傢俱，是從這部分器官分離出來的獨立結構，是背部的截除。」[25]這句話暗示了椅子與人的身體的聯繫，雖然不能確證鐘鳴的詩歌受麥克魯漢的這個說法的啟發，但是鐘鳴詩中的椅子的確可以視為是身體的延伸，椅子與身體的關聯成為我們理解這首詩的一把鑰匙[26]。在詩的結尾處，詩人的聯想穿越歷史、洞察世間，最終由回到了舞臺之上——

　　她們的柔和使椅子像要一個軟枕頭

　　似的要她們，要她們燈火裡的技藝，

　　要她們柔軟胸部致命的空虛。[27]

　　「要」字有一些性的意味暗含其中，但這種暗示是含蓄的、唯美的，這裡再次構造了椅子和身體之間關聯，硬椅子上的軟靠枕如同雜技演員柔軟的身體、柔軟的胸部以及表演的「柔術」，軟靠枕內部充滿空氣的蓬鬆的棉花，如同她們胸部的致命的空虛，胸部同時也是心臟所在的位置，其實也是內心的某種空虛。這幾行詩句將

---

[25] [加拿大]馬歇爾・麥克盧漢：《理解媒介・論人的延伸》，前揭，第6頁。

[26] 曹夢琰的〈恍惚與界限之間的身體——鐘鳴論〉一文就關注到了「身體」和椅子的關聯以及與之相關的文化層面的含義，文中寫道：「雜技中椅子在疊加，不斷將危險推向更危險的狀態。然而對於供人觀賞的雜技來說，這令人屏息凝視的危險，只是表演的一部分，它喚起人們的一次次悸動之後，冷冰冰地走向自己專注的更高的高度。參與其中的身體是脆弱的，椅子重疊之時，卻給觀賞者帶去的一次次震撼，讓人們忽略了表演者身體微小的變化。詩人洞穿了我們文化屬性中的冰冷與生硬。」曹夢琰：〈恍惚與界限之間的身體——鐘鳴論〉，桂林：《廣西師範學院學報（哲學社會科學版）》2016年第3期。

[27] 鐘鳴：〈中國雜技：硬椅子〉，《中國雜技：硬椅子》，前揭，第12頁。

上述幾重含義都包裹其中，饒有深味。

　　椅子與身體的關聯暗喻著中國文化的屬性，同時也在詩中擬構了中國社會的倫理空間[28]。文棟（Wendy Larson）在〈當代中國詩歌的惟美與色情情調〉一文中寫道：「鐘鳴的複雜詩作〈中國雜技：硬椅子〉用椅子疊椅子的雜技來暗喻當代中國人主體性、『倫理』、性欲和書寫的扭曲，中國人民的力量與權威的微妙關係，人類經驗的隱私領域以及其脆弱性，以及權力關係是如何銘刻在（女性）人類的身體上的。」[29]而詩人「關注日常事物潛伏的巨大寓意」[30]，並不急於某一種確切的價值判斷或是簡單地區分所謂的善惡，而是更耐心地在適宜的距離中擔任冷靜但決不冷漠的旁觀者的角色。詩人以堆疊的椅子般繁複的詞語和雜技表演者一般純熟的技藝掌握著詩行的平衡。

　　如果說〈中國雜技：硬椅子〉是以繁複的修辭和豐富的聯想拓展文本自身的空間，那麼前文提到的〈爾雅，釋君子于役〉則更傾向以聲音去實現文本與現實以及文本與歷史的共鳴。這一段發出聲音的對象是將軍薛仁貴，詩句以在括弧裡的號角聲作為開端，首先營造了一種在戰場上緊張的氛圍。然後，在薛仁貴的所說的魔鬼的名單中，我們首先發現一個歷史的錯亂：忽必烈是元朝的，顯然中唐的薛仁貴不可能知道這個人。因此我們可以推測，這首詩是建立在元雜劇的基礎之上，也就是說，這裡的薛仁貴不是指唐代的薛仁貴，而是指元雜劇裡的一個角色，這就為這首詩又打開了更多的

---

[28]　參閱張媛媛：〈歷史的倫理與詩的開端——簡論鐘鳴〉，上海：《上海文化》2019年第3期。

[29]　[美]文棟：〈記憶詩學——鐘鳴的〈中國雜技：硬椅子〉〉，《中國雜技：硬椅子》，王虎譯（北京：作家出版社，2003年），第258頁。

[30]　鐘鳴：〈自序·詩之疏〉，《中國雜技：硬椅子》，前揭，第13頁。

一層時間維度和空間維度。時間上是先秦、中唐、元代和回憶中的軍旅時光四重維度，空間則有詩的內容、戲劇的舞臺和現實的生活這三重維度。同時，這裡本身也暗含了一種借古喻今，借摩利支諷喻忽必烈，他們都是魔鬼，都是「異教徒」，而「異教徒的語言要改造／我們豐饒的生活……」這一句敏感地捕捉到了語言與生活之間的關聯。戰爭本身除了保衛國土，更重要的是維繫文化、保衛語言。與薛仁貴的聲音相對的是高麗王的聲音，「這就是漢族」與「異教徒的語言」相呼應，高麗王是一個異族的形象，提供了一個不同的文化視角。詩中「把一罐蜜和月兒混淆」或許可以看作是對漢語的一種描述，漢語將蜜和月混淆，甜美而朦朧、富有想像力，與異教徒的語言截然不同。「帝國總是用農夫的血作王子」這一句則道盡了王朝更迭中的某種「定律」，帝國使用人民的流血以維繫統治，權力的背後是鮮血。全詩最後一節只有一句，卻是點睛之筆——

　　花旦：還要不要生育呀？[31]

　　這是花旦的聲音，而相對前幾種聲音而言，花旦象徵著的角色是豐富的，前面的角色都有具體的身份，比如卒子、薛仁貴、高麗王，而「花旦」卻是一個行當的名稱，但不是具體的某一個人，也因此給了我們更多的想像的空間：花旦可以是「君子于役」中怨訴的妻子，戍邊的丈夫不知何時歸來，如何生育他們的後代；花旦也可以是在後庭陪著皇帝的美女，用農夫的血生育「王子」；花旦

---

[31]　鐘鳴：〈爾雅，釋君子于役〉，《中國雜技：硬椅子》，前揭，第63頁。

可以是薛仁貴的愛妻王寶釧，苦守寒窯十八年；花旦也可以是高麗王的后妃，意欲為王室繁衍子嗣；花旦可以是元雜劇舞臺上的一個形象，把人們從歷史的想像拉回現實的文本之中；花旦還可以是一個虛指的形象，將詩人的心刺破。「生育」一詞與性相關，卻摒除了性不可言說的某些晦暗的層面，是高貴而神聖的，在卒子死去兄弟後，生育帶來新的希望；在「異教徒的語言」改造了我們的生活時，生育則開啟了新的話語。生育代表著家族的延續，也代表著民族的繁衍，在這首詩中，「生育」一詞如秤砣一般為詩句增添了重量，它出現在花旦的唱詞中，使詩歌的語言更具有張力，在文本空間與現實空間之間宕開筆墨，激起層層疊疊的漣漪。

（三）多聲部與互文性：連接時空的感官

> 詩歌讓我們得以觸摸到不可觸摸的東西，聽到覆蓋著被失眠夷為荒地的一片風景的寂靜之潮。
> ——[墨西哥]奧克塔維奧·帕斯：《雙重火焰——愛與欲》[32]

奧地利傑出的物理學家、心理學家和哲學家馬赫（Ernst Mach）在《感覺的分析》一書中對時間感覺和空間感覺都進行了深入細緻的分析，在他看來，存在一種「確定的、特殊的時間感覺」，並且強調這種感覺是可以直接識別出來的，不須思考只須感受。在這一前提下，他對時間感覺與空間感覺進行了比較：「正像我們能看到空間形式相同而顏色各異的物體一樣，我們在這裡也察

---

[32] [墨西哥]奧克塔維奧·帕斯：《雙重火焰——愛與欲》，蔣顯璟、真漫亞譯（北京：東方出版社，1998年），第1頁。

知兩個時間形式相同而音色各異的律音形成物。正像我們在一種情況下直接察覺出相同的空間感覺組成部分一樣，我們在這裡也察覺出相同的時間感覺組成部分或節奏的相同。」[33]簡言之，如果說空間感覺對應著視覺，那麼時間感覺便對應於聽覺。儘管這兩種感覺常常是相互交融的，但它們彼此之間卻存在著明晰的界限，正如當代美學家沃爾夫岡・韋爾施（Wolfgang Welsch）的洞見：「可見和可聞，其存在的模式有根本不同，可見的東西在時間中持續存在，可聞的聲音卻在時間中消失。視覺關注持續的、持久的存在。相反聽覺關注飛掠的、轉瞬即逝的、偶然事件式的存在。」[34]視覺與聽覺的分離將世界割裂成兩半：一半永恆綿延，一半短暫易逝。永恆的世界使人趨近真理，瞬逝的世界令人親近信仰。作為信仰的一種形式，詩歌成為了感覺的證言。詩歌的證言向我們揭示出此世界裡的彼世界，彼世界即此世界。感覺既不丟失原有的能力，又變成了想像的僕人，讓我們聽到不可聽之物，見到不可見之物[35]。在這個蜩螗羹沸、眼花繚亂的時代，鐘鳴也許並不是一個稱職的證人，他拒絕將所有感覺毫無保留地傾瀉表達。在他字斟句酌的證言中，時間與空間隱匿在表達深處，他是冷眼觀人、冷耳聽語的旁觀者，甚至是閉目塞聽、蔽聰塞明的失蹤者——

　　和商販們的討價還價無關，我的
　　失蹤，是時針上的某次公開的缺席，

33　[奧]馬赫：《感覺的分析》，洪謙、唐鉞、梁志學譯（北京：商務印書館，2017年），第202-203頁。

34　[德]沃爾夫岡・韋爾施：《重構美學》，陸揚、張岩冰譯（上海：上海世紀出版集團，2006年），第183頁。

35　參閱[墨西哥]奧克塔維奧・帕斯：《雙重火焰——愛與欲》，前揭，第1-2頁。

啪嗒一聲，便跌落在無形的碗裡，

但我卻沒有聽到最慘的一聲尖叫

　　　　　　　　——〈我是怎樣一個失蹤者〉[36]

　　這首獻給當時正寓居海外的詩人多多的詩篇，在一開頭便借米沃什的詩句聲明：「在如此嚴峻的懲罰下，誰敢說出一個字，／誰就自認為是個失蹤的人。」[37]失蹤者並非在空間中消失，而是在時間中缺席——以在歷史與記憶中失去名字的方式：「我的失蹤乃是一個無名者的失蹤。」[38]即便失去證人的身份，鐘鳴依然是時代的見證者——多年以後，當時代的失蹤者們找到了丟失的時針，刺破大眾的記憶，他們便化身為「穿刺者」[39]在此出現在鐘鳴的詩歌之中。「穿刺」是古代刑法的一種，也是現代醫學的手段，在某些地區的民俗祭典中，「穿刺」還是一種讓人心驚肉跳的自戕表演。尖銳的刺穿透皮膚，疼痛鑽心，但「穿刺者」卻已經麻木或自以為麻木地以面無表情回饋看客。〈穿刺者〉一詩以反諷而

---

[36] 鐘鳴：〈我是怎樣一個失蹤者〉，《中國雜技：硬椅子》（北京：作家出版社，2003年），第147頁。

[37] 鐘鳴：〈我是怎樣一個失蹤者〉，《中國雜技：硬椅子》，前揭，第145頁。

[38] 鐘鳴：〈我是怎樣一個失蹤者〉，《中國雜技：硬椅子》，前揭，第146頁。

[39] 鐘鳴〈穿刺者〉：「他說『希望』的時候，結果，把『希望』說服為企圖，說『我想』，或『我以為』，／習慣性的補漏，卻又難以脫口，就像他曾／住過的那道菜市場旁邊的小溪，那條／就不曾有魚龍變的陰溝，或沒有照相機的／畫幅，也從未見過一夜千金散盡的富裕想像，／最後將一切氣餒的蚊蚋變得來似乎有價值，／可把蒼蠅嘘成烏雲，把明天難以阻止的滑坡／／鼓舞作某個民族的號角，或鬱悶的拖遝。／若河裡的石頭猛漲了，企圖或希望成為可治／未開化的砭石，他索性就會直接買下這匹山，／或狂妄，再用狂妄去懲處已可能過氣的局勢。／／這時，他會發現撕裂的鏡像中並沒有啥兩樣：／既不見極目的穿刺者，也沒有希望真正擊中的／惡棍，那非要有頹廢自我到傷殘無人的氣度才行，／但從自然看，也不可能有第二類江湖或啥企圖。／／最後，搖撼他的既不是一滴鱷淚，也非面臨／絕境所需的雲滯寂寞，這些每天都在貶值的／假設，最終會成為負擔，成為不可能的可能，／抑或也就是蹚渾水像魚那麼寒磣並針砭入骨。」鐘鳴：〈穿刺者〉，《2018年詩歌選粹》，萬沖、蕭煒編（太原：北嶽文藝出版社，2019年），第274頁。

悲憫的語調，塑造了這樣一個沉默、麻木、鬱悶或狂妄的「穿刺者」形象。「他說『希望』的時候，結果，把『希望』／說服為企圖，說『我想』，或『我以為』」，詞語和身體因某種疼痛聯繫在一起，以致意欲表達的和實際說出的形成了裂隙，如羅蘭・巴特（Roland Barthes）所說：「我用語言掩蓋的東西卻由我身體流露了出來。」[40]而話語的方式也是生活的方式，難以脫口的言說像「他曾住過的那道菜市場旁邊的小溪」、那條沒有發生任何奇蹟的一條陰溝或者既不真實又缺乏想像的畫幅。「穿刺者」抵禦的姿態和神情試圖將「氣餒的蚊蚋」變得似乎有價值；將滑坡當作號角，甚至為了「未開化的砭石」而買下這匹山。但最後，想像的鏡像被撕裂，與真實並無兩樣，表演穿刺的人不可見，應當接受刑罰的「惡棍」也沒有被真正擊中。詩人以旁觀者的視線敏銳地捕捉到了「穿刺者」微弱地顫動，而搖撼他的不是鱷魚虛偽的眼淚或者絕境中的寂寞，而是某種歷史的虛幻和現實的空無，因為只有這些假設每天都在貶值，最終成為負擔，「成為不可能的可能」。

日本學者柄谷行人在《日本現代文學的起源》一書中強調：「日本的詩歌是以漢字為媒介而成立的，因為韻律亦與形象糾纏在一起。」[41]作為日本文字的源頭，中文漢字在中文詩歌中形象和聲音相糾纏的現象更值得人們關注。對於這一問題，先驅者鐘鳴也在詩歌中進行了積極的嘗試。〈葉公好龍〉一詩脫胎於葉公好龍的典故，而這首詩最獨特的地方在於裡面運用了甲骨文，並用文字的形

---

[40] [法]羅蘭・巴特：《戀人絮語》，汪耀進、武佩榮譯（上海：上海人民出版社，2016年），第34頁。
[41] [日]柄谷行人：《日本現代文學的起源》，趙京華譯（北京：中央編譯出版社，2017年），第55頁。

象描繪他的表意的形象，如「🐍，就是蛇，自繞之形」[42]。漢字是象形文字，致使漢語詩歌除了在聽覺上的意義外，還富有視覺上的美感，這不僅在於詩歌的形式上（如詩行的長度），更在於組成詩歌的每個符號上面，每一個漢字都能在字形上體現出詩意。

縱觀鐘鳴詩歌的題材，其中有許多作品的靈感來源於歷史或古典文學，在他的「古雅時期」尤甚。比如，在《旁觀者》一書中，詩人就提到〈蹴鞠小考〉一詩的靈感來源是讀一本研究唐代和西域文化關係的書，關於當時盛行的馬球一事，覺得頗有意思。「本想寫成隨筆，但覺資料不夠，隨後也就落得這首詩。」[43]鐘鳴的近作〈云誰之思〉增添了多達六十七條共計一萬四千餘字的注釋，包含了許多古典文學與歷史的典故。鐘鳴對考古與文物十分很感興趣，甚至創辦了私人的博物館，在他的許多詩歌中都能找到古代器物、考古的痕跡，這也使他的詩歌充盈著博物學家氣質。此外，〈爾雅，釋君子于役〉一詩對元雜劇的借用也體現了詩人對「俗文學傳統」的延續。白話文運動發軔之初便是俗文學傳統的延續。胡適把漢朝以後直到近代的中國文學的發展，分成並行不悖的兩條線，一條是仿古的文學、半僵半死的古文文學；另一條線則是一直不斷向前發展的活的民間詩歌、故事、歷史故事詩、一般故事詩、巷尾街頭那些職業講古說書人所講的評話等等不一而足。鐘鳴詩歌中有一部分借鑑了或者說模仿了俗文學的內容，比如〈穿紅鞋罵怪話〉採用了「信天遊」的「詞牌」；〈匪酋之歌〉對「近代祕密社會」的關注，對諸如「順風順水順天道」這類舊時對聯的引用……。可見，鐘鳴對古典的化用亦關注到了世俗的部分，延續了「俗文學」

---

[42] 鐘鳴：〈葉公好龍〉，《垓下誦史》，前揭，第282頁。
[43] 鐘鳴：《旁觀者》，前揭，第1466頁。

的傳統。

　　時間的迴響與空間的共鳴密不可分，加斯東・巴什拉認為：
「共鳴散布於我們在世生活的各個方面，而迴響召喚我們深入我們
自己的生存。在共鳴中，我們聽見詩；在迴響中，我們言說詩，詩
成了我們自己的。迴響實現了存在的轉移。彷彿詩人的存在成了我
們的存在。因此共鳴的多樣性來自迴響的存在同一性。」[44]鐘鳴的
詩歌正是如此在傾聽與言說之間，深入時間和空間的每個縫隙。永
恆而同一的時間被壓縮在空間之中，構成了繁複而多樣的空間，使
時空連接在一起的則是詩的詞語和詩人的聲音。在鐘鳴的詩歌中，
常常出現一些古典的文言與通俗的白話的相雜糅詞語和句式，這
種獨特的語言質感與「不斷地使我們退回到其他的文本」[45]的具有
「互文性」的典故，使詩歌中的時間界限變得模糊。人的聯想自由
地往返歷史，穿梭於回憶與現實之中。詩的語言使「往事再現」，
使古典的內蘊發出悠遠的迴響。與此同時，詩人通過多聲部的合奏
使來自不同空間的唱腔、號角、怒吼、怨訴、低語在詩歌的有限空
間中形成共振，在詞語與詞語的交鋒、換位、黏合乃至抵消之中，
詩歌與歷史和現實都交織在一起，如詩人內心的怪鳥所張開的「古
典巨蹼」，「飛越在兩個星球之間。」[46]

---

[44] ［法］加斯東・巴什拉：《空間的詩學》，前揭，第10頁。
[45] ［英］安德魯・本尼特，尼古拉・羅伊爾：《文學、批評與理論導論》，前揭，第2頁。
[46] 鐘鳴：〈畫片上的怪鳥〉，《中國雜技：硬椅子》，前揭，第16頁。

附錄三、詩的批評語境及倫理
——鐘鳴訪談錄

受訪者：

鐘　鳴：詩人，隨筆作家。1953年12月生於四川成都，1982年畢業
　　　　於西南師範大學中文系，1978年正式寫現代詩，早期詩作
　　　　刊發於《星星》、香港《星島日報》、《今天》（海外
　　　　版）、臺灣《創世紀》等。1991年短詩〈鳳兮〉獲臺灣
　　　　《聯合報》第14屆新詩獎。1991年隨筆集《城堡的寓言》
　　　　出版，1995年隨筆集《畜界，人界》出版。1998年三卷本
　　　　隨筆《旁觀者》出版。2003年出版詩集《中國雜技：硬椅
　　　　子》，2011年出版隨筆《塗鴉手記》，2015年出版詩集
　　　　《垓下誦史》（臺版）。2016年獲「東蕩子」詩歌獎評
　　　　論獎。

訪談者：

張媛媛：中央民族大學文學院在讀碩士生，研究方向為中國當代
　　　　詩歌。

付　邦：中央民族大學歷史文化學院在讀碩士生，研究方向為中國
　　　　古代歷史地理。

時　　間：2019年7月14日　　14:00-18:00
地　　點：四川成都點石齋

張媛媛：鐘老師您好，我打算寫一篇關於您的論文，這次來訪準備
　　　　了幾個問題想要請教您。幾年前我的師兄師姐們曾經來拜
　　　　訪過您，由當時的訪談內容梳理而成的〈蜀山夜雨〉及
　　　　〈「旁觀者」之後〉我也反覆讀過。因為那次訪談主要是
　　　　關於「四川五君」的，所以您談論其他詩人談得比較多。
　　　　而我這次主要想瞭解您個人創作方面的情況。

鐘　　鳴：沒問題，你對我基本已很瞭解，也寫過文章[1]，雖不長，
　　　　但我覺得角度不錯，隨意聊聊吧，想問什麼都可以。

張媛媛：我想問您的第一個問題是，作為當代文學史的一種敘述方
　　　　法，將詩人以流派、代際甚或地域加以劃分，是行之有效
　　　　的。但這種方法註定將湮沒某些複雜性與獨特性，甚至固
　　　　化了對某些詩人的看法與印象。請問您如何看待自己在文
　　　　學史敘述脈絡之中的定位？比如說，把您歸為「第三代詩
　　　　人」或者是「四川五君」。您怎麼看待這件事情？

鐘　　鳴：這個問題很關鍵，當然也極複雜。記得，敬文東先生談過
　　　　這方面的話題，一個是邏輯性的問題，另一個涉及語言問
　　　　題，終歸是語言。都知道，現代漢語受社會技術進步和西
　　　　學影響，早已是個混合體，對比翻譯而言，有許多概念，
　　　　名副其實。也就是說，同用一個詞語，但現實層面卻相
　　　　差十萬八千里，因為境遇不同。比如，新批評家瑞恰慈

---

[1]　指〈歷史的倫理與詩的開端——簡論鐘鳴〉一文，刊於上海：《上海文化》2019年第
　　　3期。

（Ivor Armstrong Richards）說過：「優美的詩篇幾乎是一個民主國家。」雖說是隱喻性定義，但這裡的「民主」，就術語本身納入漢語理解，或就語言行為理解，怕三言兩語很難釐清。再看上下文，瑞恰慈緊接著表達的意思是「在那裡，國家利益的實現不以犧牲公民個性為代價」，這是作為泰西人文自由精神看待詩藝很重要的一個標準。如果這拿來衡量漢語的現代詩實踐，可想而知，不知會顯露多少「小毛澤東」，這也是隱喻性定義。就現象看，自胡適倡白話詩以來，不知有多少人事糾纏在這個問題上面。運用社會學的眼光審視文學語言，是很後來的事，我很早就注意到了這個問題。在大學期間（1977-1982），除中文課，我更喜歡邏輯學和行為主義心理學，後者是我自己涉足的，這些恐怕都會涉及你的提問。

簡單說，我覺得那種用「流派」——誰都明白，現實中，流派有時和社會學意義的「幫派」、「團夥」、「兄弟夥」、「江湖」是一個意思，這恐怕是漢語的一大特色——或像過去，用「地下」、「民間」、「知識份子」一類概念化的玩意來渲染、詮釋個體詩家，附會到風格甚至行為、身份，名實不副，這是現實經驗類型化的結果，說「面具化」也行，名正言順，歪曲來理解顯然和現代實踐哲學的大趨勢不合，而且，也是大眾反叛時代的遺風。我們已經歷了濫用文化、陣線、革命、詩歌、運動、白話文的階段，不該再癡迷於那種行政意味的口號化敘述，既不具語言的邏輯性，也和現實感知不符。這裡的「現實感知」，包括了涉事者和批評者。通過以賽亞・伯林對前蘇

聯「白銀時代」詩人們的語境敘述，我們知道這點非常重要。某種程度看，「現實感知」決定了詩人在同一時代不同的價值。接觸過詩人的人，就知道，在今天普世價值和全球化語境中，怕沒有任何詩人（包括黨員詩人、作協詩人）會笨到承認自己隸屬「極權」，或其他什麼類型的消極勢力，粉飾現實，但正像《耳語者：史達林時代蘇聯的私人生活》的作者所言：「史達林制度的真正力量和持久遺產，既不在於國家結構，也不在於領袖崇拜，而在於，潛入我們內心的史達林主義。」這些主義，不在於我們談或不談，而在生存不可避免。魯迅時代，先生就曾歷「左右翼」之痛，而指責過「取彼」和「人血饅頭」一類，而我們這代，久處革命意識形態化的社會，人格分裂的特徵主要表現在語言和行為的分裂，以言行事，只在極少詩人那裡有所反省、約束，或不完美運用，而日趨本能，玩世不恭，使用手段，興己滅他，歷歷在目。孔子在兩千年前亂邦不入的時代，就已敘及「小人也為文」。當然，此「小人」語義和今日有別。尤其在西學背景下，文學更難免「模仿行動」的框架，所以，大眾才會有一種寫詩即聖的印象，而只有具備綜合教育素質的人才會很複雜地根據現實預設此問題。西方的「原型批評」就注意到了，並意識到文學（在我們特別是詩歌）「有意義的內容是意願和現實的衝突」，弗萊的《批評的剖析》恰好涉及到。我注意到，敬文東先生最近關於「新詩理性化」（韋伯所謂計算能力之一種）已導向一種「冷血」敘述，就屬此範疇，但有一點需要明白，是人出了問題，不是修辭出了問題，

更不是詩出了問題。儘管，敬先生這一重要敘述，尚未在社會學的「模仿行動」和心理學之「再保證」的語境中細緻展開，或給予實踐理性的參照，但，在目前語境下，我看，已是詩學批評最敏銳也走得最遠的，已不是防患於未然的問題，而幾乎是非人性的災難，和我們正經歷的現實偕同。所以，但凡「一言蔽之」的詩學敘述，或所有的「預設理論」，批評者最該保持警覺。今天的政治文學語境，除了舊惡——「陽奉陰違」、「強盜邏輯」一類，還有個非常明顯的特徵，就是「指鹿為馬」，混淆，而且，愈來愈明顯，覆蓋社科領域。詩人自當抵抗，張棗先生的「櫻桃邏輯」，我的許多詩篇，不同題材，不同角度，都有縈繞。某種程度可以說，從一開始直到今天，所謂個人的「風格」試驗，從1982年習詩以來就從未停歇過。說得直接一點，這也是我過去和某些「調適者」的衝突所在。

也正因為如此，我才注意到西方文學批評中所謂的「語境」。記得，趙毅衡曾編過一冊《新批評》文集，出得很早，印象較深的是布魯克斯那篇〈反諷——一種結構原則〉。如果說反諷和語境的關係，是由語境歪曲詩的陳述決定的，那語境——或語言所涉條件，就近似現實。所以，有的批評家，把反諷視為現代詩的基本技法不無道理，因為詩的意義，只有在反諷關係中才產生，和題材無關，和流派旗號更無關。在語境批評看來，詩意只有在極特殊的語境關係中獲取，比如，我論述的張棗的「櫻桃邏輯」，即一例。或許每個詩人都有這樣的經驗、境遇，要分辨其價值，得由另外的通道。所以，我一直認為，詩

的有效性在個體特殊經驗的表達，就像新批評說的，意義必須從特殊性產生，並不經由空洞化的「第三代」或「五君」產生。

空洞化是就我們使用詞語而言，可以說，在應用範圍，每個詞都涉及語境問題，不解其核，即不知其所以然。比如，我們就說說「君子」，許多人不知，君子之說其實是儒家學說的核心，孔子就有別「君子儒」和「小人儒」，余英時有很精闢的論述。即便讀讀《論語》，至少可知，在倫理學範疇，民有競勝之心，而忍讓、成人之美，一定是美德，故言「君子無所爭」；倘若現實中使陰暗手段，奪人之好，或巧言令色，利用意識形態讒詆他者，此絕非善舉。「文質彬彬，然後君子」，這是很有名的一句。「文質」恰好就接近西學的「言行」，或「以文行事」。而在認知哲學概念內，孔子有「知人為仁」，把它擴展至現代社會的認知系統，但就我所接觸過的詩人，多為「自戀狂」，這要看我們從哪個角度去理解——心理的？社會的（尤其從毛時代過來的人）？詩學的？克里斯多夫・拉什（Christopher Lasch）的《自戀主義文化》寫得很精彩，至少，我們瞭解「自戀主義」常常少理性，活在當下，對未來毫無興趣——這在我們的「及時行樂」與活命哲學中，特別有市場；而且，喜歡念衰老經，因為他們過去的營養靠虛妄的崇拜，包括莫名其妙的「受難意識」。「地下詩」就曾作為病態意識粉飾過許多自戀狂，批評從未注意這塊。這兩者，在漢語語境，常常置身意識形態的框架，而這些卻是時間必然的流逝物。看看我們所

謂的詩界，有多少無病呻吟地在那唱衰老經，還津津有味自以為樂事，就明白了，許多偽理性混淆其間。

所以，我特別主張，寫詩、讀詩、評詩，還是要回到個體的陳述和語境關係上來。現代意識也不大容納空洞化，經驗都可以細化，不管運用什麼分析工具、修辭手段，都要回到個別來，非旗號。「一統天下」是過去陳舊的政治運動模式，西方的「語境批評」，從瑞恰慈等人開始進入了現代批評。哲學上也由黑格爾（Georg Wilhelm Friedrich Hegel）體系孕生出現象學、分析哲學、實用哲學、經驗哲學，或非任何形態的哲學，但大趨勢是更習慣用更具體的東西來談現代文化，包括各種跨界。況教育上，學科分類也日趨厲害，光語言學就可以分化無數的支系。所以，現在如果再用填鴨子的方式來進行批評就很麻煩。不幸的是，詩歌批評大多難逃舊窠。

這就更要求我們，在談論一個概念時，就一定要先把這概念弄清楚，因為你要用它貫穿你的文章，弄清楚命題，陳述條件。這個詞，西方人怎麼說，英語怎麼寫，漢語轉換過來——畢竟我們是用漢語——又是什麼概念，如果不把彼此間的邏輯性關係弄清楚，就亂用一氣，那麼在專業的眼中，就會全篇皆廢。我覺得，批評不應該按代際劃分。我們想一想，一個精力很旺盛的人，他可能活到八十歲，還在「嘩嘩嘩」地寫，你說他是「第三代」還是「第四代」？落到個體，分辨本身就有問題，是以年齡分、以經驗分，還是以他的階級成分來分？現在不大時興階級了，西方上世紀經歷60、70年代的「全球反叛」後，

文化身份漸漸取代了階級劃分，我們也正在經歷這點，每天我們由身邊大量湧現的事實，就不難看出威權社會的特徵，或都市主義的特徵，只是許多人失去了敏感度。身份特徵，由階級意識改頭換面，紛呈不已，包括外省意識（外省作為概念，在法國、俄國古典文學都十分重要），我在寫張棗的詩評時就涉及過，舊著《旁觀者》涉及更多，似乎在梳理俄羅斯外省文學時做過延伸。

張棗進入上海的時候——在詩歌意識的層面，比如其傑作〈大地之歌〉，我個人認為是1949年後觸及上海深層結構最傑出的詩篇。我不是說上海詩人更隔膜，我說的是他和滬地詩人認知不同，語境不同嘛。所以，我用了「外來者」的概念，說「陌生人」也行。一個滬地的觀光客，或文化旅行者和一個本土的駐紮者是不同的，顯然，生存壓力對後者的影響很大。在金融城市，大上海，富裕的長江三角洲，人們的腦子每天都會往貿易、消費鑽，文化、展覽、詩歌這些勾連雅人和窮人的小襯托，或幫補，正是新型「無產者」靠邊站的注腳；或說得殘酷了些，別說現在，即使魯迅那時躲在小樓成一統，他還是要「一求生存，二求溫飽，三求發展」，這是他的名言。因為每個人要吃飯，第二天一爬起來，你還在琢磨詩意的時候，兜裡沒錢交電費了，詩意就得放到一邊，否者，現實中，你就會遭遇詩歌也會遭遇的反諷。那裡不是有許多「第三代」嗎？我偶然在微信裡，還能看到他們的資訊，顯然，都被邊緣化了，不知他們自己瞭解這點沒有。我只是覺得現代批評，不該用這些術語劃分，就是要用也要限定，不能習

慣成自然，有違常識。

　　這些年，涉足考古、史學較多，考古也涉及類似的問題。比如，發現了三星堆，就一直用「三星堆」來討論整個四川的古代文化，問題頗多。因為「三星堆」是考古發掘臨時用的術語，發現了三個土堆，農民稱三星堆，想想看，「三星堆」中間是「星」字，非「土」，便附會人在土堆上觀星，所以叫「三星堆」——這個說法是很可笑的，其實還是沒貫通。就字面講，三星是歲星，由三顆星組成，歲星是古人紀曆的一種曆法。過去沒鐘錶，靠陰陽天地計時，天圓地方，圓標識有刻度，像鐘錶。指標是什麼？最先就是歲星，根據星移斗轉，來辨方向定時辰；後出現閏的問題，大概歲星不準，便又據北斗紀曆。農耕文明，春夏秋冬四季稱之「兩分兩至」，時間非常重要，春播秋收，時間不能延誤，否則就沒收成。搞考古與古史的人若不懂，便容易用現代人的意思去附會夏商周的人，所以，古史陳述一塌糊塗。詩學更糟，那時，一提出「第三代」這個東西我就生疑，包括柏樺、張棗，他們雖然也用過這個概念，但也是限定著用，很少用，甚至不用。只有那些嗜好「標籤」、「座標」的書商、詩家、批評者，才說「第三代」怎麼生活、寫作，知識份子咋個回事，民間寫作又如何如何。什麼叫民間？什麼叫知識份子？西方「知識份子」的概念和我們大相逕庭，按照西方的標準，我們有知識份子嗎？，或只有士大夫。「士」在現代意識的框架中恐怕也不能濫用，幸好，余英時先生梳理過。總之，「四川五君」、「第三代」、「口語詩」、「50

後」、「90後」一類概念，是不科學的，就批評常識來說，也是如此。寫詩和詩人的年齡是有自然生理的關聯，一代人也存在某些共性，但在批評著眼十分具體的語義分析中，關係實際並不大。這大致是我的看法。

張媛媛：對，像我們這一代寫作者就被稱為「90後」詩人。

鐘　鳴：其實這些術語早就該在健全的批評敘述中取消掉。

張媛媛：是的，這個現象很奇怪。其實我們個人感覺彼此之間的寫作差異很大，但討論起來都是將我們這一代看作一個整體：你們90後詩人如何如何……。

鐘　鳴：恰恰你們這代就要開始把這些（口號化的概念）去掉。即使要用——迫於這個已經形成了——也要加以限定，在什麼情況下用這些概念，但最好不用。其實西方早就進入個人語境來看這些東西。新批評導致了怎樣的意識呢？每個人你只能從你個人的角度去閱讀，被閱讀者也是個體，經驗人人不同。我不能說我的閱讀就是所有人的，我只能說我鐘鳴讀是這種方式。被讀者也有自己的一套，不可能沒有誤差。我就常聽到，有詩人說批評與她無關，彷彿別人說的是天書，但那絕非事實。詩人不解自己的語境，幾乎是家常便飯。你讀不懂，那是因為你可能看書比我少，那麼你再加強閱讀。要麼索性按自己的去理解，讓讀者來判斷。我們這裡談的，是批評的步驟問題。首先，還是要把你要用的核心概念說清楚、界定清楚，針對具體的內容「直接批評」，就是不用繞彎子，或過多地預設理論。有段時間，我特別愛用「直接詩」指稱某類型的詩歌，說得不好聽點，北方幾乎是「直接詩」。現在很清楚了，但凡

不具「反諷」性質的詩篇，都不在現代詩範疇。我們說一棵樹在夏天歌唱，雞變鳳凰，鳳凰變灰，大可不必分行，《小知錄》、《酉陽雜俎》裡很多，而且，還更精彩。

張媛媛：我的畢業論文題目暫時擬定為《詩歌倫理與感官的延伸——鐘鳴詩歌論》，其中「詩歌倫理」是我文章中一個重要關鍵字。但是目前「詩歌倫理」似乎並不是一個可以明確定義的概念，已有的談論詩歌倫理的文章大多聚焦於底層寫作、打工詩歌、女性詩歌等話題，又或者以「詩歌倫理」來申明藝術的合法性與正當性。在您的創作中，有許多關涉倫理層面的問題，但和目前被討論到的「詩歌倫理」卻截然不同，並非簡單以詩歌語言重複倫理命題，也不僅是反思歷史、正視現實、重視責任的一種意識形態，更是呈現出一種美學的因素。請問，您如何看待「詩歌倫理」？您認為當代詩人需要秉承一種怎樣的詩歌倫理？在您看來詩歌倫理的關鍵問題是什麼？

鐘　鳴：題目滿有「麥克盧漢意味」，這個作家對我影響很大。就主題設計而言，到底是倫理在詩中的延伸，還是倫理借助感官在詩中的延伸，要明辨。我倒是建議標題不要用「感官」為好，因為「倫理」屬公共意識範疇，古典倫理學的核心是「善」，現代倫理學是「正當」，有本很好的參考書是查理斯·拉莫爾的《現代性的教訓》，作者主要涉及的恰好就是現代意識的「倫理範疇」。當這些意識進入詩歌，最終是通過詞語的所指能指來實現的。語言作為綜合表述，承載人之感受，自當五官畢具。我們說吃，不會說用嘴吃，因為那是不言自明的前提。但張棗在詩中不用

「吃」而用「舔」，便突出了舌頭味蕾，而且，帶了濃郁的倫理意味；因為在南方情色用語中，「舔」多少都帶有「下流」的意味。那麼，作者究竟想用來暗示什麼，這就要求上下文語境。我只是舉個例。而且，似乎敬先生也正關注此話題。東方表意文字較了西方的音素文字更為感官化，用麥克盧漢的話說，即「被語言高度定義」。由這些來看，你的主旨設計，肯定沒有問題。

將「倫理」一詞應用於批評，我比較早，有篇美術評論（指〈何多苓繪畫風格與倫理的形成〉一文），是寫何多苓的。在90年代，應該是我第二次用「倫理」。詩歌運用更早，那就是你很熟悉的〈中國雜技：硬椅子〉（1987年）。當時德國的一個翻譯者蘇珊・格塞（Susanne Göβe），她也注意到這個詞，後來，還寫過很長的論文，翻譯詩作是為「荷爾德林基金會」的邀訪做的文本準備。記得，她還專門寫過封信，列出難點，其中，就有「蝴蝶，倫理的切點」這句，我回覆做了解釋。可惜，這些信函沒有了。你作論文，「倫理」不是不可以採用，但一用，顯然，就得大費周章。首先，我覺得你如果要從這個角度出發，恐怕要先由西學那邊，把亞里斯多德的相關敘述弄清楚，西方倫理的語義一定是從他延伸而來的，可能偏重政治學的範疇。當然，經過了黑格爾，現代倫理又是另一碼事了。古典的、現代的都該略知一二。亞里斯多德的「倫理學」或又偏屬「自然倫理」，摩爾（George Edward Moore）的《倫理學》以為「倫理學」的關注對象是人類關於「善」的系統知識，簡言可謂「關於道德行

為」的學說，大致如此。這樣的話，又牽涉到「正當」、「價值」、「因果」、「惡」、「道德」、「快樂」、「幸福」、「義務」、「利己和利他」諸多觀念。置身現代性，怕又牽涉到諸如「好壞」、「存在」、「合理」、「自由」、「進化」、「個體與社會」、「公與私」、「專制與民主」、「理性化」，甚或「意識形態和烏托邦」兩種思維模式。轉換到漢語境，我沒做過專門的研究，隨興讀來，但覺得在經典的儒道知識系統中，「倫」和「理」是有的，更不消說自然形成的「善惡」。所謂：「天下皆知美之為美，斯惡已；皆知善之為善，斯不善已。」但肯定和西方的敘述不一樣。可以通過閱讀解決，好像余英時談過，因為余先生是中西通，那麼他在比較運用的時候預設過什麼前提？你先把這個弄清楚，如果非要從這方面立題的話，就得弄清楚，漢語裡面倫理是什麼。「倫」和「理」，漢語或可拆分，西語的ethics能不能拆分？那麼你也可將就兩者發揮，然後再轉入我們基於什麼來闡述「用倫理之眼看詩」，這樣或才能立得住，這個功夫是必須的。尤其這個語境是現代性和公民社會必須參照的，那我們也就非思考不可。從具體的作品看，我的詩文是關聯了的：即近現代中國社會，「進化」和「解放」的意識形態，幾乎決定了現實的所有層面，那麼扼制的力量呢？這很重要。寫文章首先是前提，你看，敬老師最近還一直在強調邏輯性的問題。有多少人明白呢？什麼是邏輯，不只是上下文關係，主要還是現實語言行為構成的語境判斷。就科學而言，詩歌都是「偽陳述」，有什麼指

涉，也是通過一套複雜的隱喻性定義來完成的。你必須要講得通，雖然很難，但畢竟是寫正規論文，不是口頭上說一說。

　　過去，我寫文章就有個習慣，首先，我會把一些可能涉及的要點、資料、線索、詞語關係列出。外來語就要弄清英語是什麼、漢語裡面能不能找到典籍和它對應的、過去學人如何解。尤其民國學人都精通中西文化，有時候他們在談別的話題時，就牽涉到倫理，借助他們的橋樑再打通你要做的課題，這樣就比較容易一些。「倫理」問題，我想余英時肯定涉及過，還有傅斯年、梁漱溟，可能都涉及過。倫理轉移白話文說，就是一種道德價值判斷，過去統統囊括在「革命」意識形態中，一個時代所有的立法都在裡面。當然，它也是一個變化的概念，比如，同性戀在文化大革命絕不可能是正當的，想都不能想，而現在卻可以合法。倫理概念，應該有很精確的定義，百科全書翻翻即知。尤其在倫理置身特定社會階段法律系統的時候，任何人都有很特殊的反應和表現，詩人莫不如此。過去，我曾十分驚訝，許多詩人，自大昏庸到以為詩人可以超越一切倫理道德，把語言之表現或想像力和社會行為混為一談，把合理的利己主義和認識論混為一談。結果，恰恰正是從他們身上，我們看到一個時代最典型的行為干犯人倫的特徵，有違常識，自然也包括他們使用的語言，甚至謊言。所有的政治都指向語言，病態的上躥下跳，我不點名了。既然，倫理所涉甚廣，同時限制於直覺和理性，那它和法律本身一樣覆蓋所有的民俗、行為。那麼，詩歌裡面

你就要再去分類，哪些你覺得是比較重要的東西。肯定從毛澤東時代到我們這一代，有許多隸屬倫理範疇的人事、語言、表達，具有回溯或分析的價值。比如，「性」就肯定是一個很重要的話題，它就涉及到倫理道德。那麼，張真、翟永明怎麼表現？舒婷又怎麼表現？舒婷含蓄，張真和小翟或更直接露骨，學自白派普拉斯（Sylvia Plath）的寫法。楊煉是直接寫。就像寫《紅樓夢》手淫似的，別的人又怎麼寫……，這都是變化。但是問題就在這裡，批評有時最重要的還不是陳述本身，而在解決問題，這裡就有邏輯性的問題和訾議：你想通過分行詩想告訴我什麼？再比如說，「小冊子」，你去查查看法國大革命裡的「小冊子」，它在法語裡有特殊含義，是一種非正式傳播的東西，任何時期的革命都有所依賴。「地下刊物」（民刊）某種程度上就是小冊子的一個變種，圍繞它，也可生出一幕一幕的大戲。關於倫理的內容太多了，你不可能巨細無遺地加以敘述，因為倫理批評實際上牽涉到時代所有方面，弗萊的《批評的剖析》有章就是談「倫理批評」的。就批評而言，它很難成為簡單的或單層面上的活動，顯然，這是因為詩本身也是如此，尤其電訊時代，說它牽涉時代所有方面，就包括了男女生活、婚姻、法律、國家、公私、身份等等。這點，置身網路時代的人都能理解，「三維人」大概不會去理解「二維人」的，但我這裡說的是現實。到底1949年以後或者民主牆以後，中國現在是不是現代化的國家？這個問題的回饋、回答，其實也就會涉及倫理觀念的變異。張棗曾經發問，沒有現代化的國

家會有現代詩嗎？意思是，假設國家不是現代化的——天天依賴權力關係生活，哪來的現代意識？哪來的詩意？這個發問很好，因問到了根本。詩歌最終是讀作者表達的意識，無論修辭如何，明暢還是隱晦、多義，都可以把出發點弄明白。詩人自己昏瞶胡言亂語就沒法了，除此，只要他通過敘述孳乳價值判斷，大眾的私生活，男女關係，國家與社會，專制與民主，城市與個人，自然與人，垃圾和生產，甚至動物保護都會植入倫理因素，最後都會納入「你想告訴我什麼」的公式。反過來，寫批評，寫論文，最重要的，也是你要反問自己——我寫的這個東西到底想告訴別人什麼？如果是倫理訴求，那題目就很有意思了。通過文學折射一個社會的道德變遷、精神訴求和心理素質，沒有哪種文體比詩歌更有力，也更多涵蓋。無怪乎漢學家顧彬先生一直認為，中國當代文學中，唯有詩歌和世界保持了平行水準，小說則屬二流、三流。但我認為這種說法的條件並不充分，這是你該注意的，以後沒準還可以再專題研究。從70年代末一直到現在，通過詩來觀察人倫變遷，西方很拿手。倫理涉及社會學的地方比我們想像的要深，即便油腔滑調後面也隱藏著道德判斷，所以，誤讀也很多，修辭解決不了一個詩人的行為和或內心是否是個混蛋，否則，我們就很難理解謊言和人格分裂的問題，固然，花言巧語，你也可以視他什麼也沒說。我看，多數時候是後者。

張媛媛：其實，我就是想要通過研究您的詩歌來考慮這樣一個問題：我們可以通過詩歌能夠表達的一個邊界在哪裡？或者

是究竟詩歌能夠表達什麼？就像您剛才所說的倫理是一個特別大的概念，但是我覺得在您的詩歌中，它表現的其實是一個比較具體的，是可以讓我來去進行深入探討的一個切入點。

鐘　鳴：這當然可以。泛泛而言，詩表達本身沒有邊界。就題材、風格來說，詩歌能帶入的領域很多，批評若有神話、心理、原型、歷史，那詩歌也能，甚至還有更多的混合，你可以是「山海經詩人」、「政治詩人」、「鄉村詩人」、「都市詩人」，「虛構詩人」，「老幹體詩人」。但任何類型，只要不是真空，而在地面，都會涉及道德、價值、倫理的邊界。甚至說，如果倫理暫設計為中性的領域，任何詩人，包括左右翼、御用的，甚至心理陰暗的「雙面料」都會觸及某種邊界。說得不好聽一點，包括「告密者」也是為了自己認可的「價值」或「倫理」而採取行動的，否者，他為什麼會如此執迷不悟地有違常識呢？所以，倫理的邊界，因人的選擇而異。只要我們還在社會框架內討論邊界，倫理就像空氣將所有人包圍，沒有人能擰了自己的頭髮說離開了地球的。所以，見人一根筋似地談「虛構」，我就想笑，其實，生活中，他可能每一步都比別人更實際，更精於計算。「後毛時代」的文學特徵，錢理群先生似乎窺破一點，精明。詩人尤甚，這裡我無法展開，《旁觀者》淺涉過。

　　言行一致——或西人所謂「以文行事」，不光在漢語傳統中作為積極的力量看待，現代主義，基於普世價值和公民社會，更是如此。謊言絕不可能塑造一流詩人。

至於〈中國雜技：硬椅子〉，到現在為止，包括老外，也並非完整解讀。當然，西方學人總體更敏銳。當時這首詩在先後在香港《大拇指》、臺灣《創世紀》、《今天》海外版刊發後，美國的漢學家文棣（Wendy Larson）在一篇文章中分析張真和我——談的是新詩裡出現的新東西：情色。或因為〈中國雜技：硬椅子〉描述有女子表演、柔軟胸部之類，他覺得切中了「性愛」（色情情調）的話題。但，德國的學者蘇珊・格塞（Susanne Göβe）一看，覺得有問題。德國人更精確，她覺得這首詩不能那樣解讀，就寫了那篇論文（〈記憶詩學——鐘鳴的〈中國雜技：硬椅子〉〉），當時那篇論文還是很有分量的，有德文，有英文，收錄在歐洲當年出版的什麼集子中，我不大關心這些。譯者到北京參加編導胡寬的詩劇，出路費讓我去見她，我也婉拒了。想來，有點對不住她，但，我確實對影響一類很冷淡，百廢待興之際，自我認識比什麼都重要。

　　她認為這首詩敘述主要關聯的是權力，顯然，這是對的。或更準確地說，根本指涉是「權力」，而更進一層，則是日常生活權利的變種。因為裡面涉及到一個我們語境最熟悉的話題，那就是「私」，不光是狹義的「隱私」，應該是哲學或社會學意義的「個人」，與「群體」對立的個體。無論哪種制度的國家社會與個人相互定義也亟待界定的某種關係，既然屬於社會倫理學的範疇，也就涉及到用之於一切個人的法律。社會學入詩，是我很早就覺醒意識到的一種特別的方法（1981-1984年間），和我在大學

讀涂爾幹（Émile Durkheim）和後來淺涉「知識社會學」有關。當然，當時的理解還很膚淺，也曾坦蕩蕩敘之詩歌圈內，有人眼睛發亮〕耳朵是豎起的，也精明蹈襲而去，以為別人看不出來，我會講這個頗有些滑稽的故事。有的人就是不明白，寫作方法絕非貨攤上的雜貨，誰都用之則靈。因它根植於綿延不斷的個性，而文學個性，則又隱跡於歷史環境、個人命運，混合天性浮於現實。這個語境渾然一體，看似簡單，卻深不可測，就像阿倫特（Hannah Arencit）敘述布洛赫（Hermann Broch）時說的：其「生命線路和創造力，他的工作場域，實際上並不是一個圓；相反，它更像一個三角形，其每一邊都能被準確地標識出來；文學──知識──行動」（〈黑暗時代的人們〉）。或即舊說中的「體用」。顯然，風格本身具有的混合特徵也正是我們不斷涉及的語境特徵，豬八戒使不了金箍棒，魯迅也絕非林語堂。探討模仿行為，我看在我們的語境可能比影響的焦慮更重要。詩或也可分出為混淆的「圓形」和多邊的「三角形」，技術也無非是現實交互作用的催化劑。畢竟社會學的基礎首先是實現感，這就要求持有者必須真實地進入倫理範疇。語言敘述之高低，就內在體驗看，也取決於可由現實互證的意識和姿態。應該說是語言行為，社會學的方法，是互證性的，否者先驗、客觀，或真理就無從談起。如此看，很接近伯林的「目標衝突的不可避免性」（伯林《蘇聯的心靈》斯特羅布·塔爾博特的導言）。詩歌掠食者最搞不明白的正是這點，所以，當他們每每自以為聰明地使用社會學方法時，就會露餡。社會

學恰好紅色御用詩人的現實和自由主義的現實感截然不同，調適威權主義求當下富貴者和政治遺民的現實感迴異，就像納粹說真理的時候，猶太人就成災難。社會學當然不是修辭學。就我們的語境而言，現實清晰地告訴了我們，1949年後，革命和國家主義定義的個人，沒什麼地位。不光是私有財產，更重要的是個體內心的精神世界，經狹隘的階級意識形態定義後，私就不存在了，成了艱難磨礪的犧牲品。「犧牲」就是祭獻，最好的祭品就是牛羊。我們經歷了那樣的時期，而且，作為「史達林主義」的遺產，迄今，「私」的問題恢復到普世價值正常的框架內沒有？還須觀察。

最近，也沒誰要求我，我便主動寫起布羅斯基（Joseph Brodsky，上海譯文出版社正出的《布羅斯基詩全集》）和諾曼‧馬內阿（Norman Manea，新星出版社的「馬內阿作品集」）的書評[2]來。我認為這兩人，尤其是布羅斯基，對我們和之後都很重要，他身處「後史達林時代」，時間上與我們最近，「布羅斯基案件」，當時在國際上鬧得沸沸揚揚，就因為他選擇了體制外的個人寫作而被批鬥，被定義為「寄生蟲詩人」，跟我們曾經的「鬥私批修」、「香花毒草」一樣，在被驅逐出國後，他再沒返回俄羅斯，但他也並未投機加入海外的「地下」。他青年時期就立下過規矩：「絕不貶低自己與國家政體和社會制度發生衝突，因為支撐它們的是簡單粗暴的意識形態。」

---

[2]　此二種書評因鐘鳴事繁未完成，馬內阿評論後由鐘鳴好友作家西閃書寫。

（《布羅斯基詩歌全集》第1卷，列夫·洛謝夫序言〈佩爾修斯之盾〉）這絕不能理解為「不抵抗」，而是說面對「意識形態化的群體」，明智的個人就更不該重複愚昧的群體，即便以毒攻毒——漢語愛說的「以其人之道還治其人之身」，也是某種意義的複製。我想，這是特定語境對「群體」和「個體」，「公」與「私」最健全的詮釋。

他那篇著名的散文〈我們稱之為「流亡」的狀態，或曰浮起的橡實〉，就很冷靜地分析過流亡的本質，有些流亡其實是「政治風向的玩物」。我們的語境中，「廣場」、「地下」、「流亡」也一度不分青紅皂白氾濫過，由風向決定了衝突、紛爭，也塑造了「含混身份」。記得，顧彬（Wolfgang Kubin）也談過類似的問題，最後，「流亡」的結果，是在這邊撈錢，在那邊拿綠卡，撈名利？過去，有許多傳統意義的「抵抗」，是以資訊不對稱為基礎的，「私」成了函數，過眼雲煙。詩是什麼呢？在布羅斯基，詩是「社會所具有的唯一的道德保險形式」，這又涉及到了倫理。顯然，就個人行為看（行為可以檢驗，謊言也會不攻自破），投機、調適、觀風向，都不在裡面，最可貴的品質是自始至終表裡如一。抵抗極權主義最好的武器，不是喊幾句民主自由的口號，而是「丟掉虛榮心」，這個層面，布羅斯基勾勒得極清晰。枯燥的專制下，什麼是詩意性呢？是由語言構成的神話嗎？獨裁者偶爾也會寫詩。在常人那裡，新批評提醒我們，不能一窩蜂地去冒片面和晦澀的風險。過去，在我們的批評語境中，晦澀遮蔽了許多東西，我贊同弗萊的說法：「一首的最

明顯的文學語境就是其作者的全部創作。」（《批評之路》）當然包括了作者的生存之道，和現實的內在反應，自然而然也就構成了某種反諷關係，也可以說是一種「否定關係」。這點，觀察一個詩人的社會行為，足以折射其語言指涉，一點也不神祕。過去，詩界臆造了太多的神話，這是毛時代的特徵之一，造就大量的「普通神」、「圓通神」，成為消極傳統的一部分，尤其是50年代後的一代。所以，我常開玩笑說——其實是認真，我們這代，政治黨獄褻瀆太深，防不勝防，都該躲起來，反躬自問，不要濫施毛病去害人，網羅門人貽害。後來，讀錢穆的《中國近三百年學術史》，發現清人也有類似的意思：不求有利於天下，但求無害。我最看好的詩家，也多具有反省的精神、悲劇失敗的精神，而且內在，不是修辭迷惑。

　　由這些來看，我的〈中國雜技：硬椅子〉無疑是「反神話」的，就極權語境而言，而且，非常明確，最重要的是，它描述了此語境的線性發展，自上而下，從「朝廷」氛圍很內在地給出的壓力，民俗社會呈現出非個性化。似乎還沒人注意到「私」在各層面的意義，前面已談過「三角形」的比喻。詩中涉及的「權力」固然是個大話題，但我更關注，中國現代社會出現什麼問題，詩歌也會出現。所以，詩在這裡並非特殊的範疇，它就像我們屁股底下的一把椅子那麼普通。詩中使用「倫理」一詞，是為了撩撥語境，著眼廣義的「權勢」表演，包括國家和民俗，也涉及個體自由。在民主社會，公民的言論自由稀鬆平常，而對我們，則會生出異常複雜的前涉條件。你們年輕，沒經

歷過那時代，自然沒什麼陰影，但對我們，則可能會影響一生。

德國人那篇文章的定義很準，但有一個層面，尚未深入，即「私」的問題，它包括了個人身份、隱私、財產，甚至個人對國家的干預，固然，也牽扯到責任。在公民社會這些都神聖不可侵犯，且界線分明，在我們的語境，就要打問號了。皇帝和人民，群眾和個人，社會和家庭，公與私，福利和責任，包括正當和幸福，都不具民主社會意義的倫理邏輯性。皇帝或統治者，因被定義為道德的最高化身，所以，一舉一動，道貌岸然，活得不輕鬆。詩裡就描述過明代的皇帝，取材於黃仁宇的《萬曆十五年》。皇帝怕椅子，因為他也要聽課，叫經筵，端坐不准靠椅背，萬人之上，也不自由。要說幸福，一定是儀式化的，需要做出法學以外的解釋。現在的社會也差不多，最近，我與親戚在談及國家「公務員」人數時發生爭論，因公務員多寡，涉及一國之財政負擔和每個公民的幸福指數。上網去查，你就會驚訝地發現，「狹義」一類的限定詞，這樣，二億多財政開支的「公務員」就會蹊蹺地縮水到幾百萬。就是法學以為的解釋。連這都含混，可以想見，涉一國的正當，私有，不知會混淆到什麼程度。所以詩中出現了一句：「我們有私嗎？有真正的私嗎？」現實其實是做出了回答的。日本學者認為中國文明衰敗，首先在公私不分，這自然屬倫理範疇。

「私」的問題涉及頗廣，詩又是跳躍濃縮的，所以，運載作者的意識，表現出來的倫理性也一定會呈現出虛實

變化的關係，尤其是「大我」和「小我」的關係、集體主義和個人主義的關係。我的《畜界，人界》，就標明過「人文主義」，人文主義首在個人價值，這些都不是倫理本身。詩以多元的方式構成吸引力，包括了想像力和隱喻定義，而不是法學文件。所以，解讀詩句，可以就形式內容展開，也可以就心理學、社會學展開。即便表現出倫理道德判斷，也會很複雜。所以，批評者應該像偵探一樣去瞭解實情，剝離各種可能。有什麼不可能呢，一個人男盜女娼，但也不妨寫「君子」詩；就像董其昌，古籍記載他魚肉鄉里，人很壞，但寫字、繪畫卻漂亮，小人也可以為文。《論語》中「小人」的概念與現在不一樣，但是小人、君子肯定是有區別的。小人惟利，君子惟德。

上面談的是歷史、政治、社會學的角度，如果，從文學內部來看倫理的延伸，會觸及更多的內容，比如純語義學、美學、文藝公功能，及認識論意義的正當性、多元意識。批評者通過這些，可以討論詩人表現的意思哪些是對的、哪些是錯的──肯定有對錯，也有精確和模糊，最後都要由你來判斷，不光是陳述出來，讓別人看出這些線索，還要告訴別人你的看法是什麼。原來我最早寫翟永明的時候，曾挪用過「自白」、「保密寫作」一類來區別她和舒婷及許多女詩人；她可以袒露地寫性，揶揄大男子主義，是保密寫作的反面。後來，我意識到，其實，這也是相對而言，問題還是在語境。舒婷作詩是傳統的格局，外部比喻性的，和自己私生活沒關係，讀其詩，除了橡樹，讀者不知是否她戴眼鏡，個子多高，豐不豐滿，對男人

怎麼看……。但翟永明的詩，啥都有，酒吧虧損也有，男歡女愛也有，什麼亂七八糟都看得到，這應該說是倫理語境的變化。但是，並不是說因為她敢寫（社會就發生了變化），然後你就得出一個社會就很開明（的結論），這不一定。所以，你談倫理的時候，其實是通過詩看到了倫理間接性的表述。當然，關鍵在你通過這篇文章想告訴別人什麼。

張媛媛：剛才聽您說，我覺得我的論文框架還有很多需要調整的地方。原本想的有點過於簡單，因為之前在別的文章裡面看到有人用到過「詩歌倫理」的概念。但我覺得，他們文中所寫與我想表達的不一樣。但是，究竟我自己想告訴別人什麼？這個問題我也在反覆問自己。

鐘　鳴：就技術細節而言，你就一定要把漢語的——畢竟我們是母語系統——和西方的倫理這個概念弄清楚，查百科全書馬上就出來。倫理學有很多經典著述都談到文藝裡面的倫理，畢竟倫理肯定是西方人文主義很重要的一部分。你在談倫理的時候，我覺得有一個立論是很重要的。顧彬就認為當代中國文學裡面只有詩歌一直很國際化，保持著國際化的水準。他這個看法是有道理。你可以借他的觀點作為命題座標。既然中國的詩歌這麼國際化，那麼就肯定會表現出人文精神裡面的很多方面，其中就涉及我們要談的倫理學。因為顧彬是德國人，反正是超然的，所以他經常有些宏觀而論東西，儘管其中有些不合中國語境，但有些東西他還是看得很準。比如他也看到流亡問題，看出那時代中國有些人的流亡其實根本不是流亡。以後我在修訂《旁

觀者》時會談到，有些人老打「地下」（的旗號），其實根本就不是地下。什麼叫「地下」？「地下」的標準是什麼東西？你坐過牢麼？你犯過法了嗎？都沒有。而且這個語境也是在不斷變化。你現在列印一個詩集誰管你？沒人管你，我們那時，鐘老師辦了一個油印詩刊（指《次生林》），經某詩人告發，在黑名單上二十年，直到2016年才拿到護照，之前連出境都不能。

張媛媛：這些事情都是我們這一代人難以想像的。

鐘　鳴：你們肯定難以想像。因為語境就變了。語境變了，但有些東西是沒有變的。媒介變了，但是管理方式沒有變。這就涉及到我們對現代化的看法，毫無疑問，也涉及倫理問題。西方把現代性、現代化、現時代分成三個層面。而中國有很多人是把現時代看成現代化，所以現在有很多是幻覺，很多詩人都在灌輸這種幻覺。我認為，中國從民主牆開始，發生了大變化。詩歌也是從那時開始，社會漸漸進入了景觀社會。法國社會學家居伊·德波（Guy Debord）提出了「景觀社會」，當然中國的「景觀社會」和他描述的還不一樣。可能你也注意到，我反覆在談「精英詩歌」的問題。因為符號性的社會最後就是精英主宰。現在我們的媒介變了，衝突的面也變了。威權社會下肯定是精英社會。那麼什麼叫精英社會？有一個特定的（語境），美國社會批評家克里斯多夫·拉許（Christopher Lasch）分析的是60、70年代美國的社會語境，他認為精英就是「符號分析師」，畫畫是抽象的、立體主義的，詩歌也高度抽象。有人特別愛故弄玄虛，不看自家語境，單相思似地

在那強調技術性寫作，制定詩學原則，彷彿要超渡大眾，是典型的精英意識。生活中也最愛標榜超道德，所以，也很容易和極權主義或威權主義融為一體，麻痺大眾。西班牙哲學家奧爾特加・加塞特（Jose Ortega Y. Gasset）最有名的一本書叫《大眾的反叛》。大眾反叛就是群眾革命，十月革命一直到二戰期間，人類社會進入大眾反叛的時代。後來，社會發生變化，生活水準提高，媒介也在變化，全球化既衝突，也融合。而大眾和社會的衝突，並非是直接的，精英開始登場，扮演牧羊人，文藝也更具欺騙性。所以，對詩歌界凡是玩這些概念的人就要特別小心。我覺得「分類」是最危險的，要小心。詩歌本來就是個人寫照，是內心世界的很隱祕的東西，又不是工業產品，怎麼能按年齡分呢？難道六十歲就不能寫詩？非要年輕人寫詩，中年和老年人寫小說，或索性去讀《紅樓夢》。這都是精英虛假意識導致的各種條條框框。就像我自己，不斷地寫作，沒有一分鐘浪費在跑關係上，所以舊作編成詩集也叫《把杆練習》。我覺得自己現在才開始寫詩，「第三代」有什麼用呢？

張媛媛：我的論文《歷史倫理與詩的開端》曾試圖談論過您的詩學的開端，但我感覺最終完成的結果並不理想。我覺得開端問題也許和您所受到的詩歌／文學啟蒙相關，讀完《旁觀者》後，我發現您的知識來源十分豐富幾近駁雜，甚至是遠離主流的，比如密茨凱維支、龐德、麥克盧漢、吳宓等等，都是您比較早瞭解的。您能談談對您的創作產生影響的詩人或者書籍麼？《影響的焦慮》中提到，一部詩的歷

史就是詩人中的強者為了廓清自己的想像空間而相互「誤讀」對方的詩的歷史，您在接受前人的影響是否發生某種誤讀或偏移？

鐘　鳴：是的，我們這代耽誤很多，導致了胡亂讀書，駁雜應該說個特徵。這代人很多是靠見識寫作。受先驅詩人的影響，肯定有的。所有中國詩人，要瞭解外國詩歌，要麼直接閱讀，要麼讀譯本。我們這代英語不像你們那麼好，我是學中文的，柏樺是學英語的，張棗語言也很好，不是所有人都能直接閱讀。當然我們在大學也學英語，但也只是有一般性的簡單閱讀。甚至大學時我還翻譯了些東西。有一次，王家新看見我翻譯了布羅斯基一首詩，然後就說：「鐘鳴你可以搞翻譯。」我說：「我這個不是我吃的飯，很辛苦的，偶爾玩一手還可以。」我認為，凡是通過翻譯來閱讀，就會發生誤讀。我後來發現顧彬，雖能翻譯漢語詩卻並不解詩的語境。他的夫人是華人，翻譯能解決詞語表層，或語法關係，但僅僅是表層。根據博爾赫斯的說法，文學語言有好幾層意義：第一，字面義，一般的翻譯家解決的是這個；另外，是一種隱喻性的東西，理解上就比較難。我們很輕鬆就能知道這些隱喻在說什麼，但是翻譯者不同。顧彬自己說過，理解張棗非常難，我看是語境的問題。第三層意義便是整體抽繹而出的象徵，可能詩整體本身就是一個更大的意義，這點最難把握。

　　所以，一般而言，所有的翻譯閱讀似乎都是誤讀。即便漢語，我讀張棗和你讀張棗、他讀張棗都不會一樣。就像〈中國雜技：硬椅子〉，你們讀以及美國人和德國人

讀的都不一樣。所以，我認為這種閱讀，只能說是遠和近的問題。我曾經談過陳東東的弟弟陳東飆的翻譯，他翻譯史蒂文斯很棒。我偶然注意到，史蒂文斯的譯詩，只要動詞選擇另一個意思，整個句子上下文的關係就全變了。所以翻譯也很難。當然，有時誤讀中也能得到了一些東西，因為大體的氛圍它還是有的。對我個人影響比較大的就是艾略特（Thomas Stearns Eliot），每年我都要重讀他的《荒原》。念大學時，沒人知道艾略特，我便開始讀他的作品了。史蒂文斯也是我很喜歡的。但是，喜歡一個人的詩，也不一定就會受他的影響；而且，就寫作而言，影響要分技術形式的模仿，或意識氛圍的建立。布羅姆（Harold Bloom）真正最好的一本書是他最後一本叫《影響的解剖》，現在已經出版了。那本書比《影響的焦慮》還要好，是真正批評家的陳訴，內心經歷、事件和學術成長，像成長小說，我特別喜歡這類風格。他敘述的許多問題都很有意義，也很內行。我們原來開玩笑，說這個採那個的氣，其實，也就是說誰影響了誰，布羅姆稱之「影響的焦慮」，十分精到。比如說張棗，他最喜歡、最吹捧的是柏樺，這是明顯的；他的論文〈朝向語言風景的危險旅行〉前面大量談的都是柏樺，但是你看他的思路、作品（這點大家都很敏感），他真正受柏樺的影響並不大，更多是歎其才華。因為張太聰明了，柏樺是一種很怪癖的語言組合，用他自己的詩形容，「突出，尖銳」，張棗稱之「立即成詩」。柏樺早期寫作，我有所經歷，也曾欣賞其個性，寫作很瘋狂，隨便抓住身邊的事物即可成詩，但對於

另外一種性格，則未必合適。每個人只能是他自己。張棗的性格更靈動、中和，語言急速拼湊、組合，鑽牛角尖，到達白熱化，（柏樺的風格）並非適合他，他尋了另外的路徑。我最近在寫關於張棗的書時，才發現，其實他受〈中國雜技：硬椅子〉的影響滿大——他有一首詩〈椅子坐進冬天〉說明這點，那是在〈中國雜技：硬椅子〉發表後。美國學者那篇文章，也是經他翻譯刊發《今天》的。他不是簡單地模仿，而是通過借鑑，想試驗、梳理出不同於自己以前的敘述方式，尋求新的微妙，記得張棗最愛用「微妙」這個詞。我那句「椅子繃緊的中國絲綢，滑雪似地使他滑向冬天」在張棗的詩中有所變異。還有一些詩他也特別喜歡，一首是〈小蟲，甜食〉、〈與阮籍對刺〉，還有就是〈鹿，雪〉；後者他印象最深，他在信裡專門談過，很多年後，還經他之手，讓人翻譯在顧彬辦的漢學雜誌《東方和西方》上。〈鹿，雪〉裡面有好幾個意象他都化用過。這屬正常的學習、影響，不是那種機械的模仿，他有能力把這些意象延伸擴展進他自己的意向結構中，啟發，延伸。這是一種很複雜的經驗，既內在又隱祕，一般的批評很難涉足，或只有極敏銳的人才可能察覺，或許碰巧又和幾人同時接觸，還須秉具客觀鑑定的能力，像福爾摩斯似的。但我們知道，這很難，幾乎不可能，儘管意義重大。但語言意象結構都有規律邏輯可循，也並非不可知。當然，張棗寫詩，更多是受國外詩人的影響，或受荷爾德林影響很大，還有里爾克、茨維塔耶娃，也包括人見人愛的曼德爾斯塔姆，座標很多。我個人的經驗告訴我，

每種風格都有許多座標，這些在作品也會顯現。張棗有語言天賦，或者說，他把人生的經驗都投注到寫詩和語言的訓練上，至少略知俄語（精通未必），除英語外，最好的還是德語，顧彬先生讚揚過他這點，自然不虛。他生活其間，作為德語傳統的詩學和生活直接的體驗者，他完成了自己的問題轉換，僅德語、漢語就足以貫通許多艱深的東西。要瞭解這些，或才有可能寫出張棗受德國詩人影響的文章。做過文章的人便知，這特別難。比如，我在寫《當代英雄》敘及他詩中的「櫻桃邏輯」時，就發現，張棗詩歌中的一些意念是從里爾克的《杜伊諾哀歌》化用的。但我不懂德語，只好對照里爾克的《杜伊諾哀歌》的各種譯本，抽絲剝繭，理出影響的關鍵，主要是作者的意圖。這方面，詩人有優勢，因為我們自己都有化用，所以才對他的化用比較瞭解，有直覺判斷。弗萊（Northrop Frye）在分析文學經驗時談過（見《批評之路》），不存在什麼個人的象徵主義。詩的結構，是詩人間交流的努力，或相互影響的結果。所以，許多意象結構存在相似性的問題，其實，是同一性造成的，千篇一律造成相似性，而政治語境，則成就同一性。如果真有什麼詩歌的這代、那代，其實也就是依據共同語境而言的。為什麼曼德爾斯塔姆、布羅斯基對我們這代影響很大，不是一般地大，就在於相似的語境，或直接說生存條件。所以，我覺得搞批評一定要具備偵探的能力，首先不能被對方迷住，要像獵人一樣，幾頭野獸在裡面借了語言晃來晃去，你不能被他們的美麗或錯誤迷住，一定要保持距離，警覺。因為中國人愛撒

謊，言行不一，還喜歡用玄乎其玄的玩意迷惑別人，批評家就是要不吃那一套，要冷靜。曹夢琰那本《四川五君》意義重大，在於她首次把五人這個「局部」，從一個時代剝離出來分別加以分析，但背景或語境交代不夠；可以理解，因為有的語境不是現在教育體制和政治體制能承載的。再者，涉及的一些事件、材料，作者不十分清楚其過程，這也不能怪她。所以，我寫了〈危險的批評〉，不是針對研究者，研究者何罪之有？某種角度，我針對的反倒是詩人的迷惑現象，裡面也包括了謊言、取彼。這些如何又不在倫理之中！就我們的語境，我看，詩歌、批評若不能祛魅，就很難接近現代性。詩人的迷惑伎倆，不完全屬於修辭，也概屬意識和手段，我是從我們社會具體的語境來看待的。詩歌既然有隱喻定義，那就有隱喻互戕。觀察意識形態的隱喻，當然是很重要的一個角度，困難重重，你對我作品中不斷變化的有關「倫理」、「私」的敘述感興趣（究竟哪些詩是最直接的案例，我會提供一些看法和說明，沒有誰比詩人自己更瞭解自己作品的），恰好也概屬相似語境。好在，也可悲的是，這語境迄今變化不大。

張媛媛：您在幾年前的訪談中提到中國當代批評的兩個誤區：一是不能直接進入詩歌解讀，二是批評者不瞭解詩人的生活環境、歷史背景。您能再和我們詳細講講「語境批評」的含義麼？

鐘　鳴：要談「語境批評」，便非得先瞭解這個詞的本義。英語的context，是上下文的意思，即文之前後關聯。既謂文，便大小可至修辭格的字句、段落，修辭所涉各語言單位。最

早是新批評的瑞恰慈在語義學研究中提出的，他認為應建立新的修辭學來代替孤立的修辭學。這「孤立」相對而言是指那種「從詞到詞」的研究，很容易墮入觀念化、口號化，比如前面談到的「第三代」、「知識份子寫作」、時興的「打工詩」一類，也包括各種標新立異、譁眾取寵的玩意。「無根之說」和「孤立修辭」，在我們的語境，有時會是一回事。所以，瑞恰慈強調，應該把context的意義擴展到詞與相關時期一切事情的關聯，這就進入到了我們說的語言行為、語言社會、語言意識形態的範疇。誰都知道，社會是特定時期政治組織構造的產物，它也影響到語言的變遷，就像我們在現實中每天感受的話語，經歷各種杜撰和謊言。所以，context也孳乳contexture（組織、構造）。就詞語本身看，瑞恰慈對「上下文」的擴展，是有依據的，說穿了，也就是詞語關聯環境，包括不同角度的閱讀。比如，就拿魯迅先生文章中出現的「取彼」，我們或可在「採氣」（近似影響的焦慮）、「強取豪奪」、「剽竊詞意」等意義上使用，或局部意義和魯迅同，或純粹隱喻借用，而要真正瞭解這個詞的全部內涵，就得須研究魯迅的時代環境，人與事的糾葛，比如顧頡剛一類，當然，也包括政治語境……。即便今天，也依然如此。比如，張棗他為什麼要反覆使用「間諜」這個詞，他為什麼要設計和茨維塔耶娃那場對話？為什麼他要從里爾克化解出來「櫻桃邏輯」的意象結構來作為自己的語境？這些都是語境的一部分，簡單的閱讀是無法回答的，也不可能用神祕主義來遮擋。必須細讀，不只是根據文章，根據詩

句，還得依賴交流，書信、人與事、言與人，所以，中國歷史的書寫也分「言」與「事」。

張媛媛：對，我覺得我們理解那個年代的事情好像就隔著點。

鐘　鳴：有這樣的問題，但也並非不可能。畢竟言與事，是可以脫離語境、超越時空而傳播於世，否則，我們為什麼還要研究《史記》、《尚書》、《竹書紀年》呢。當然，有直接的接觸為最好。所以說，也不是不可能，除了材料、文本、傳聞，還要看你的綜合分析與判斷。傳聞是很危險的，因為意識形態無時無刻地在利用它。正因為如此，每個人通過語言表達的意識形態和現實感都會顯露。詩歌界真的很複雜，百廢待興。或許正因為如此，語境批評才有某種可能，非進入細讀不可。如果，不和一個人親自接觸、聊天，不經歷他某部分生活，尤其是涉及語言的內心精神世界，我不知語境批評有無可能。就像寫「四川五君」，這裡的「君」怎麼解釋？孔夫子在《論語》裡面寫君子，「其言也訒」，君子每說一句話，都會覺得非常艱難。這裡指的當然是語言表達和內在的審慎，也涉及到知和行。如果不是為了騙人，是很難的。鐘老師寫過不少批評文章，只要你真實一分，就可能讓被批評者尷尬一分，要麼紅臉，要麼內心糾結。中國人只喜歡說好的，稍一真實，馬上就不適應起來。逃避現實，迴避政治，糊弄些玄之又玄的玩意，我看，和政治的愚民術並無兩樣。一個詩人熱衷於虛假命題，那他的詩，我是持懷疑態度的，這就愈加突顯我們談的「倫理」問題。就像我說的，人人都在寫曼德爾斯塔姆，但，曼德爾斯塔姆至少不撒謊。在現實

中，有時都已經不是倫理的問題了，而是常識問題。就我個人之見，當代詩歌裡面隱蔽著大量有違常識的，如果，我們足夠真實的話。無論你在研究誰的時候，都不能忽略常識的問題，尤其在指鹿為馬的語境中。什麼縈繞不去的事情制約著我們的語境，什麼是現實，或現實感——是鄉村荒頹、食品污染，普通人為健康、空氣、水負荷的成本愈來愈高，青年一代買不起房子，生育也成問題，絕望得邀約成立自殺聊天圈，還是基因程式設計、量子一類？我們現在問題是手機拚命換代的問題嗎？是5G的問題嗎？高科技有用技術造福人類的一面，但也有反制約人類的一面，跟全球化的問題一樣。這就是為什麼我特別欣賞麥克盧漢（Marshall McLuhan）的地方，他有一個概念很重要，即我已在許多詩文裡都敘及過的「反環境」。比如，全球化是枚雙刃劍，通過媒介改變距離把所有的東西拉攏，今天如果英國女皇在公園裡對警察說了一句什麼，馬上就會傳遍全球。但同時，重新分化、部落化也在開始。日常生活中，微信分裂人群的舊關係就是一個活例子，人人都在經歷，也包括在學術領域內。比如，民國時期，甲骨學有個經典理論，是董作賓先生發明的，即每一條卜辭中，在「貞」字前面，有個字一直弄不清楚，後來董作賓認為這是貞人的名字，即巫師，大家都覺得這個解釋不錯，於是就發展為「貞人說」，作為卜辭斷代很重要的一個依據。但，隨著甲骨學的普及，更多材料問世，我認為這個理論已愈來愈站不住腳了。因我發現，中原、太湖流域、蜀地，都有大量甲骨卜辭出土，對比來看，會發現同一「貞

人」無論是同代或異代，都不大可能在三個地方出現。而且，根據古輿圖，我又發現，「貞」字前面一詞，多為地名，遂覺悟「貞人說」站不住腳。而且，過去日本學者島邦男、我們香港的饒宗頤老先生，都發現了這個問題。饒現實較保守，沒全部否定，一旦成為事實，大量吃甲骨學這碗飯的人，怕連修改都來不及了。從這裡可以看出，新媒介介入和反過來介入新媒介，都可能造成傳統內容的裂變，自然也就導致人們習慣或依賴的文化形式、精力、學問、知識、經濟、身份全方位的改變。

張媛媛： 感覺歷史和寫詩一樣，都特別需要想像力，您做歷史研究對寫詩有什麼影響嗎？

鐘　鳴： 當然有。甲骨學中陳夢家、饒宗頤先生都可謂詩人，後者還寫有部史詩。詩和史在漢語境的匯合最有基礎，而且也是傳統，《詩經》最早在整體上體現出這樣的意識，為六經之一，而六經皆史。詩歌在現實、語言運用、流傳的廣度上，恐怕在其他之上。《毛詩》：「亡國之音哀以思，其民困，故正得失，動天地，感鬼神，莫近於詩。」而現代社會，人的經驗分化，說退化也行，比如敏感性，和自然的關係，按喬治・斯坦納的說法，「真理、現實和行為的諸多重大領域開始退出語言描述的疆界」；歷史也只表現為事件和偶然進入我們大腦回饋的意識，只在少數人那裡，作為文化認知的一種方式，若用湯因比的話說，即「消除距離」。對我而言，或是意外。你在釋讀〈垓下誦史〉時，其實就觸及到了這個問題。那首詩本身成不成功並不重要，應該說，我還有不少詩，也是有意識地強調歷

史敘述的，包括〈中國雜技：硬椅子〉、〈珂丁諾夫〉，場域轉換不同。我自己比較喜歡的是刊發在《今天》的〈契訶夫的夏天通考〉和另一首沿用《詩經》的〈雲〉，較以前有很大的不同，韻律、用典、形式密度，更接近傳統。歷史進入詩歌，可以是題材的，也可以是意識的。東西方古典文學，詩歌煉句含史，含地理、天文，稀鬆平常，不足為怪。我反倒奇怪的是，西方為何有史詩，而漢語則無。有許多人討論過了，不得其解，而把長度視為史詩的標準，比較統一。其實，語言媒介本身是一種限制，或連這也不是，而就是配合經驗感知的表達樣式不同。

所有這些，我個人認為，1949年以後，文學和傳統、現實聯結的多樣化被破壞了，要歷經好幾代，或更長時間，才可能復原，或永遠也難恢復。詩人作為文化的擔綱者，自然有這責任，我只是這代人的冰山一角，不足掛齒。歷史有不同的記憶，現實行為的對抗，漢語境的文禍迫害，我在〈契訶夫的夏天通考〉中，就埋了蘇東坡遭文禍的伏筆。經歷過的現實，比如「反右」時的胡風集團，「萬言書」和出賣他的舒蕪，對於今天都是敘述，牽連過不少人。上世紀98年代，我策畫出版了一本書（指《心香淚酒祭吳宓》），引來軒然大波，事後看來，幾乎是一次「小文革」。作者是一位張紫葛老先生（現已故），在我念過的大學裡，他和吳宓關係很好，吳宓晚年就在西師。當時圍繞這本書爭論得很兇，發行量也大，現在新版也出了，作者已經去世。我因為在報社做副刊編輯，認識他後，便刊發過他寫民國時期的一些人物，並把他寫的關於

宋美齡的書推薦給臺灣《聯合報》連載。接著便知他和吳宓那段往事，我鼓勵他寫，他眼睛快不行了，摸著紙板寫，然後，再由他夫人幫著整理。開始他很憂慮，我說：「你不寫，吳宓在重慶的晚年這段往事就再也不為人所知。」那時候，錢鍾書的《圍城》剛剛拍成電視劇，陸鍵東的那本《陳寅恪的最後20年》也剛剛出。我判斷這個時候出，時機正好。果不其然，但他也遭遇了不少攻擊。據他愛人講，他說如果我不鼓勵他寫，他會多活些年生，但他選擇了歷史記憶。那場軒然大波，幾乎讓當時尚在的大學者、大名人全都介入了，包括錢鍾書、楊絳、王元化、季羨林，自然也有剛提及的「胡風集團」的殘兵剩將……，包括那個不斷洗刷罪名的舒蕪。書寫得很真實，涉及許多人事，因全靠記憶，眼睛也瞎，可能有些地方記不準，有出入，真實性沒問題。一部分人捍衛他，一部分人攻擊他。因為出版人讓我寫了個短序，裡面敘及錢鍾書軼事，楊絳看了氣壞了，然後把邵燕祥和牛漢叫到醫院，那時候錢先生已經住在醫院。她說：「你們要寫文章，批判鐘、張二人。」他們覺得老太太態度好像不對頭，就寫了封信給流沙河。流沙河叫夫人來把那個信的原件給我看，意思是說我們在學魯迅的時代喜歡批判，現在好像並不適合。《圍城》裡面有很多東西，語境是外面人不知道的。他為什麼愛嘲笑這些老知識份子、於吳宓一類不恭？因為當時在聯大的時候，他剛回國，西南聯大的教授個個都留過洋，國學也厲害，全是大學者。錢鍾書剛留學回來，校方覺得他尚欠火候，吳宓倒是極力推薦，但他覺得

吳宓沒幫忙。錢鍾書年輕氣盛、狂傲，向以俏皮挖苦聞名，這是許多人讀《圍城》沒讀出來的。除了其他內容語義，也隱伏了傳統知識份子和威權社會知識份子的鴻溝，這都是文學之外的文學語境，可複雜了。所以，你們現在不管做什麼，哪個專業，我覺得除了讀書、思考，恐要多長見識，還有就是，準備材料一定要充分。有時，最重要的是見識，文學批評也好，創作也好，包括史學研究，都得看見識。最好第一個「吃螃蟹」，走別人沒走過的路。

比如古史，我現在就掌握的材料，就大致明白，整個夏商研究大錯特錯。現在挖安陽殷墟挖了一百年，還沒挖出夏朝來，為什麼？因為那段歷史沒有發生在那裡，發生在長江流域。王國維、羅振玉也看出來，安陽殷墟就從甲骨文卜辭看，也只是商王朝晚期的東西。所以董作賓到臺灣以後也有所醒悟，認為就憑現在挖出的這點東西，要建構完整的商史是非常困難的。

付　邦：所以，良渚遺址五千年以前，在長江地區已經出現，其活躍時代不晚於或同等於所謂的夏王朝。相較於中原那邊的文明，前者的文明程度並不會落後，且也有非常完整的系統。良渚文化的現世及年代的確定已經開始推翻所謂的中原中心論，如此一來，甚至夏文化究竟是否就在北方，可能也需要打一個問號。

鐘　鳴：這幾個文化板塊，那些年我跑得很多，包括紅山、良渚文化遺址。中國整個古史研究，犯的是常識性錯誤。你學地理就知道，良渚那邊的專家老認為他們是最早的一塊，因為碳十四測定似乎可以證明。但他們卻沒想過，考古有一

個常識性的東西：所有坑口都是偶然發掘，中國這麼大，偶然挖幾個坑，就能說明發展序列了麼？不可能的。這時，他們忘了一個基本常識：在這版塊上，族群一定是由高而地低沿河而居的。所以，臺灣卑南文化、良渚文化許多器型，一定得到上游三星堆文化來尋。

付　邦：還有人說印第安人是中國人的後裔。美國的印第安人都是中國人遷移過去中國人的後裔。

鐘　鳴：也對也不對。因為舊大陸牽涉美洲的時候，還沒有「中國」這個說法。記得北京王大有先生很早就在做這方面的研究，但有個說法欠妥，文字訓詁音近通用，但直接把英語的「印第安」訓成漢語的「殷地安」還需要更多條件，但他大部分研究是非常有價值的，包括古符號文字的稽考。李維－史特勞斯也看出，美洲藝術在構型上和亞洲的確有著淵源關係，但是他不瞭解何以如此。或許最早的遷徙是從未斷開的白令海峽過去的，但究竟怎麼回事，要深入研究，占有更多材料，包括出現在美國岩畫中的甲骨文。現在中國連夏代的一件器物也沒發現，不覺得奇怪嗎？首先就該想到，那段歷史是否發生在你以為的那裡。當我從蜀地所出古河渠圖發現夏商京畿所在時，心裡就明白了。新材料新學問，但並非每個人都有這條件。

付　邦：突然想起學界的固守的觀點，不是特別願意承認四川這邊是發源地，於是，老是說文明系統的傳播，以中原為主，這邊有什麼，都是那邊傳播過來的。但現在可能也暫時沒有辦法去反駁，沒辦法去證明。

鐘　鳴：遲早會的。所以說，歷史和詩歌一樣，不能僅憑想像力和

語言的說明力量，還必須依賴其他許多條件。媛媛，還有什麼問題？

張媛媛：有一個關於方言的問題。您之前說過，就是好多南方詩人他都喜歡用方言寫詩，但是您自己更傾向用普通話。但是您的詩裡面或者是隨筆裡面，方言詞彙的出現率也挺高的。

鐘　鳴：是這樣的，我發現自己寫詩的時候實際上是要念的，說讀也行，默念或念出聲感覺一樣，但用普通話念著寫詩，和用四川話就不一樣了。這跟用電腦直接寫詩和在紙上打草稿相似，感覺和結果也是不一樣的。寫詩是件很微妙的事情，瞬間受情緒、語言、工具的影響都很大。我想，詩人大同小異，只有個人的習慣，沒有什麼模式。用普通話寫和用方言寫，或雜以方言，之所以不同，本質看多數時候不在詞語的意義；比如說「光線」，用普通話和四川話所指一樣，而更在韻勢、節奏、語速。某種角度看，方言更具民主性。方言不是簡單用「地方語言」就能概括的，還是要回到「語境」。就像四川人的口頭禪最愛說的「龜兒子」，多數時候夾雜於「嗔怪」、「埋怨」，甚至「溺愛」的語氣，加重所敘事情的曲折複雜性。我父親和我談話，涉及看法不同又明知小的正確，他就會夾雜「龜兒子」——不是罵人，和北方說「龜孫」不大一樣。成都最早為「龜城」，《搜神記》中記有這個故事。龜形狀是背隆腹平，象徵天和地，所以在古代被視為吉祥物，祈神祀祖的卜辭大多就刻在龜殼上。金文符號中，龜也是最常用的，比如「龜」的圖符和「子」字結合，過去即釋讀為

「祈子孫」。「龜兒子」和它一定是有聯繫的。舉這個例子，並非說現代詩運用方言以達豐富，必須用「龜兒子」這類詞語。反正，我從未用過。我的意思是，就語言學而言，方言和普通話，是一個很平等的角色，都必須在語境中看待其社會性和個別運用，和我們前面談「語境」時涉及的問題一樣多。只是我發現就個人寫作而言，運用口語普通話寫詩，和用方言念著寫詩，可以生成更豐富的詞色、韻律、節奏感，舒緩普通話意識形態的神經。我想，南方詩人，最懂其中的奧妙。但我們誰也沒有傻到全用方言寫詩，除了文體特殊的需要，如果滬地詩人用上海方言寫詩，彝族詩人用彝語寫詩，除了上海人、彝族，可就沒人讀得懂；或可配上快譯通，那不很搞笑嗎！我之所以扯到彝族，是因為，近些年研究古史和他們接觸較多，而且看出，地緣政治的邊緣化，導致了彝族複雜的文化心態，要麼被同化，要麼越過漢語語境而求其他通道。比如彝族詩人就有試圖通過英語寫作免遭同化之悲，跟美洲印第安少數裔的境況同。最後，數量、技術、市場、貨幣使稀有方言和族裔一樣，成為圈養的「觀賞物」。但問題是，如果意識未解決，彝族詩人即便用最拗口的丹麥語寫，也未必能解決哈姆雷特面臨的問題。我看過彝族詩人用英語寫的詩，顯然，就意識仍在大的漢語語境中兜圈圈。這反倒證明，普通話和方言的衝突、協調，本質上是我們一直在談的語境關係，貫穿地緣歷史的上下文。《毛詩》即分言「邦國」、「鄉人」，那時的體量，還無非是千乘之國，中國有萬國。現在，看看，大一統使之成為超級億國，其

負荷、衝突，科學電子時代媒介新的統合力道，導致生活方式、思維習慣，不斷更迭，語言的拆析和整合性，也不可避免同時成為現代化最大的動力和抗阻。語境問題還從未像今天這樣，困擾我們。有意思的是，那麼古老的《毛詩》所言「亂世之音怨以怒，其政乖；亡國之音哀以思，其民困」，在今天讀來，也並不陌生，因為，它敘述的恰好就是語境效應。

張媛媛：我記得您在《旁觀者》中寫到：「這是由身體的呼吸方式決定的。但同時，必須看到，它也為浮動在文化斷層上的意識所決定。」剛剛您提到的這些就是「文化斷層上的意識」麼？

鐘　鳴：文化斷層和身體呼吸方式的關係，在我們談了那麼多後，在「語境」的敘述關係中應該聯結得起來。

付　邦：這個時代方言的消退，對詩歌的寫作也是會有一定的影響。

鐘　鳴：其實，普通話最早也是方言。所以，某種角度看，方言的消退，也就是母語整體消退，至少是前兆。比如，我已談到，古彝語和古漢語是同源關係。民國時，就有人關注到納西語，其實納西語只是古彝語再度分化的一支，最古老的還是彝語。為什麼呢？第一，它保留的數量，詞彙達到五萬之多，而且文字形狀和古文（尤其大篆前的）頗多雷同，只是顛倒方向，左右有別，但更重要的是，古音他們保留了下來。現在甲骨文三千多字，只有一千多能確認，而且我認為這裡面還有不少仍不知本義，大家都是錯上加錯，以訛為訛；古彝語有不少是可以校正這點的。方言一定要整體看，也就是風俗系統，包括語言、

服飾、飲食習慣、社群結構、人際關係。你看成都人和重慶人不一樣，通過群體口語、習性，就能別出碼頭文化和市民文化。方言要從整體看，不光是書面口語運用多寡的問題，那種「口語詩」的說法，是不科學的。就像我們說修辭，不光指詞句，更重要在語境上下文，以及連帶的社會意識。我很早以來，一直就在談這個話題，詩文都有表現，也就是北方語系和南方語系的差異，甚至二者是完全衝突的。青年時代我在北方待過很多年。就詩歌看，從一開始，我讀北島等「北朦朧」的東西，便覺得沒勁，我敘之他們的行文模式，或風格模型是「格言警句」，誰都可以背背。字詞後面表達的那些意識，都好像是隨便從哪本書裡信手拈來的，涉及的「倫理」，「卑鄙是卑鄙者的通行證」一類，就是典型的詩歌取代了哲學和法律，壞人可以用，好人也可以，實際上是一個泛泛而談的東西。就像誰念「道可道，非常道」，在現代結構的社會，只能視為語義表演，很像語言學中的同義反覆，最後，本質上好像是什麼也沒說。南北文化差異，可你讀讀梁啟超的文章，他是最早敘及中國地緣政治文化，應該瞭解。我經常開玩笑說北方較我們稍年輕些詩人的作品，是典型北方的「直接派」，詩寫得很直接，基本談不上隱喻定義。現在隱喻的有效性，還必須以現實感為座標，即綜合語境，不是純修辭。當然，和北島他們那一代人又要不同，但整體看，和南方還是不一樣。什麼都談不上，就是「大套」，語言乾巴巴的，然後就一些大道理直愣愣地就撲面而來，思想順理成章。如今，藉媒介方便，讀詩真像在讀「紅頭文

件」，令人生厭。我認為一個詩人，失去了自我回饋，索性就別寫了，技術解決不了根本的問題。人文主義申訴了一百多年，甲午一戰就被改變了，何況詩歌！內行一看就知有別南方氣韻。南方詩家被北方語系磨平的也有，你要選擇那樣的語境，沒辦法。就像人一說「專案」就別說「公正」。就像我說海子，往北尋文明根基，犯了水繞之讖。如果他懂點考古學，就不會死了。我曾用「仿古崇高」形容他們（《旁觀者》）。這股氣味一直不散，令人納悶。

付　邦：就像梁啟超說的「北俊南靡」。

鐘　鳴：對，就是北俊南靡。北方好經世，南方好頹靡。但這些也不能簡單做今天的語境解，更重要的是瞭解變化。方言其實是一種變化的南北氣質。過去古人講域別形殊，意思是不同的地方，你的形狀或累贅都不一樣，這就是方言本質的問題。方言固然有妙趣，但要謹慎用，這不光是幾個詞新不新鮮的問題。說穿了大家只要是用漢字寫，就沒多大的差別，秦始皇「車同軌，書同文」以後語言文字就消失了差異性。所以，六國文字不同時期遺留的文物，釋讀便很難，可謂古史最難，光靠《說文解字》是不行的。

張媛媛：剛才您談到的影響的問題中，有一個問題我之前本來想寫一篇文章，但還沒有完成。我注意到您的詩與隨筆中，提到了許多俄羅斯文學。漢譯俄蘇文學似乎對您和您的同時代人都影響深遠。但我也發現，您引用的許多曼德爾施塔姆的詩是來自於英譯本。您讀到俄羅斯文學的途徑都有哪些？漢譯或者英譯俄羅斯文學對您是否產生過什麼影響？

鐘　鳴：曼德爾施塔姆進入我們這一代，是有原因的。第一，曼德爾施塔姆他的命運奇特，這個事大家都知道；而且根據他夫人後來寫的回憶錄，他本人並不是想像的那麼強壯，但是他就敢去把特工手裡炫耀的黑名單撕掉，惹了一攤子事；還敢寫反諷史達林的詩，為此而丟命。而且曼德爾施塔姆的詩歌非常奇特，還不要說從俄語，就從英語和漢語的翻譯，都能看出，他是最典型的語境詩人。他用呼吸和脊椎聯結殘酷的時代，而我們的詩人，則用修辭技術，自當在未來看不過是威權冷酷機器上的螺絲釘。較早受曼德爾施塔姆影響的是柏樺，很多人不知柏樺的源頭就是曼德爾施塔姆。因為當時他有一冊從北大複印的曼德爾施塔姆英文詩集，作為壓箱底的模仿材料，好像是默溫（W.S.Merwin）的譯本。後來柏樺就用爛了，送給了我。我試著翻譯了大概十來首吧，是想體驗一下曼氏的語感，浪費了時間，不及過去讀俄國古典小說的影響。當然，所有的人都明白，我們對蘇俄文學的敏感，還因為一個傳統，那就是中國和蘇聯政治上最為持久的恩怨關係。所以當時我寫《旁觀者》剛完成時，曾把序言給某學者看，他說我受俄國的影響太大，這代人有這樣的問題。其實，我的觀點是，恰好正是這代人，必須通過什麼方式，把那種影響還原給蘇俄文學。同時，也別忘了，我們談的蘇俄文學和蘇維埃文學是兩碼事，這個一定要分清楚。過去受蘇聯影響，源於政治關係，那時代每個家庭都有一個學俄語的，因為那時候蘇聯是唯一的盟友嘛，專家全部是蘇聯的，留學在蘇聯就最厲害。我們讀的書大量也是譯自前蘇

聯，但古典文學有很好的東西，我最喜歡的是杜思妥也夫斯基、契訶夫，這些都不難看出。比如通過〈夏天的契訶夫通考〉，敘及世事語境，解讀張棗、契訶夫還有我們和父輩之間的關係。我經常寫到「胖子」，張棗也很受用，寫了胖子。最近我還直接寫了首名為〈胖子〉的詩，而最早是在《旁觀者》裡，既源自契訶夫，也源自我們的現實。更不消說普希金、萊蒙托夫了，40、50、60年代出生的中國詩人，怕沒有不熟悉的。文化大革命時候，每個人的筆記本上抄的都是普希金和萊蒙托夫，背誦過不少，現在都忘了。那時候只有這一種書，一種語境，中國文學很單調，〈家〉、〈春〉、〈秋〉、〈子夜〉就是這些玩意。然後就是郭沫若、臧克家、田間、聞一多、徐志摩、戴望舒。後來才讀到些流派詩，最具現代韻味的是卞之琳，只有幾首可以，寫到公社就莫搞了。所以我們都從外國詩汲取營養，畢竟更豐富，或只是為了刺激寫作。我們的生活哪有詩意性呢，沒有的。除了鬧鬧吵吵的汽車轟鳴、日常生活的油鹽醬米柴，哪有什麼詩意性的玩意？還要靠音樂、咖啡，靠輔助閱讀才能調整情緒。現代分裂性的生活和人格，不會有希臘時代、樂府時代、杜甫時代、李清照時代，甚至卞之琳、馮至時代的詩意性了。大家愈寫愈冷酷，愈無趣，也愈世故、虛偽，是種趨勢。敬文東先生看出了這點。所以我寫東西都只能強調前人未敘，不講章法。別人模仿魯迅、朱志清時，我跑去寫怪頭怪腦的動物、寓言，而不是另一篇〈荷塘月色〉。那時博爾赫斯還沒有翻譯過來，我讀到臺灣版的，馬上開始寫了〈畜

界，人界〉。另一個影響是卡夫卡。我曾戲稱卡夫卡是「窮人的救星」──不是經濟的窮，而是指平庸之輩，一沾了卡夫卡，感覺立馬像未被發覺的大師。遺憾，沒人談這點。卡夫卡在中國拯救了一批平庸的垂死者，就像曼德爾斯塔姆、華萊士・史蒂文斯拯救了一幫語言惡棍。

付　邦：您當時為什麼會想到去寫動物隨筆？

鐘　鳴：寫作講獨創，敘前人未敘，這是文學的基本。當然，新也是相對而言的，比如《聊齋志異》又何嘗不是動物隨筆！但在研究上，一定要注意，在社會心理學看來，寫作也是一種模仿行為，我們的語境，尤其能感受這點。比如翻譯了洛爾卡，就會出現一批「洛爾卡式的」；翻譯了普拉斯，於是，便出現一批「自白派式的」；翻譯了布羅斯基的〈獻給約翰・鄧恩的大哀歌〉，便出現一批「離合詩」，或「拆解詩」。我有個歪理論，不是正規的：凡是翻譯很好的，詩都寫得不好。不是他們沒能力，而是他們很容易就用翻譯的那種樣式來形成自己的風格，難免拾人牙慧，但問題實際上卻很大，就像我們看俄國演員演《櫻桃園》和北京話劇團演是完全不一樣的。不是文學樣式定義的問題，而是社會學的定義。當然，這也不必太認真。

付　邦：對，我們這一代人提出的一個要求，就是說漢語性的一個問題，寫作的漢語性。翻譯現在太盛行了，好多人寫作的這種翻譯腔。

鐘　鳴：我現在有意識地在用古漢語，本來也天天在讀這些東西，也不是說偏要弄這些東西，實際上是很自然。根據我的研究和這幾年的這些習慣，我覺得漢語還是有一種不同的東

西，所以有時寫得很工整，就像古典詩一樣，故意約束一下自己。但是我覺得最重要的還不是用詞的問題，最重要還是意識。很多年輕人閱歷比較淺，不像我們這代，很小就給拋到社會上去了，閱歷都很豐富。我服兵役時才十六歲，到文工團跳舞。別看我現在的鬼樣子，原來還是舞蹈隊的，跳的是革命舞。但那時我們還有另外一種東西，就是社會的經歷、閱歷。這更能說明，詩表面看是語言問題，實際上，是經驗的問題。

張媛媛： 敬老師之前寫了一篇關於張棗的文章（〈味與詩——兼論張棗〉），文中詳盡地論述了「味與詩」的關聯。他認為漢語是一種擁有舔舐能力的語言，而詩乃有味之物，當漢語世界追逐現代性而「失味」之時，張棗固守漢語的舔舐能力，使新詩「重新味化」。我想到您認為張棗具有一種「櫻桃邏輯」，櫻桃所具有的的甜美滋味是否契合了張棗心目中漢語的甜呢？我覺得您的創作中也融入了味覺的探索，但與張棗「味化」詩歌的方式全然不同：可能張棗的創作是一種「賦味」，而您的詩歌則更傾向於「調味」。我感覺您的詩歌中感官的描寫十分豐富，而且這些感官並不是單一的、單薄的，而是在語言中反覆延伸變形呈現出來的。您在創作中是否考慮到了味覺、嗅覺之類的感官？感官的描寫在您的詩歌中是更偏向於經驗的描寫還是象徵隱喻層面上的呢？因為覺得您詩歌裡面的東西所包含的滋味是比較複雜的那種。不是說給這個東西給語言一種味道，是像這種語言的味道有很多層次的一個或者不同方向上的味覺上的一個刺激。我還沒想好怎麼說，但是我有這

樣一種感覺。

鐘　鳴：文東是我所見當代最敏銳也最具自我觀察能力的批評者，很難得。你說的文章網上好像刊出過片段，讀過。因讀過他其他幾乎所有的著述，還寫過篇閱讀記，應該說很瞭解他的敘述。關於「味與詩」，我想，涉及作為表意文字的漢語特徵和傳統，更重要的是現代詩怎樣才能寫出「有溫度」的作品。漢語很早就有敘述「文質」之別，延伸至現在，怕就要涉及倫理了，參照係數顯然是西方的人文主義精神和普世價值。我想，現代詩的理性化已導致認知的冷漠，甚至冷酷，可能是他文章的主旨之一。因未讀全文，關於張棗如何選擇，只好蓋闕如。其實，這恰好也就是你現在觸及到的話題。

　　我敘述的張棗的「櫻桃邏輯」，不是一種品質，而是由里爾克和白銀時代詩人那裡演化而來的一種隱喻性定義，極其複雜，既涉及革命和犧牲，也涉及普世對獲取真理、幸福付出幾多代價的人道主義的認知和強盜邏輯。恰好，某個角度，和現實發生的「黃臺之瓜」有近似值。但張棗著眼的是更大的語境。至於我和張棗詩歌的風格，是不適合做比較的。而且，我認為每個詩人命運註定了一切，全然不同，沒有可比擬性，更不能通過一二個形容性的描述來做對比。儘管，在我公布過的我們的通信中，張棗說過，就詩而言，他是海洋，我是內陸。書信是一種家常敘述，說著玩兒可以，但嚴格意義的批評不能從簡。中國文化傳統上講五行、天地四方、天文地理，都非常精確，用來敘述人文，需要經過一些轉換，不能直接說你是

水我是火的，包括天命，這個概念很重要。天命就是我們的一種綜合性感受，或認知，但其複雜性，遠遠超過了泰西人文主義那套命運系統。這點必須考慮到。在研究中涉及兩個作者，或做某種說明，我認為是彼此間事與言的關係，而不是比喻關係。張棗不能說明鐘鳴、柏樺，我們任何一個也無法說明張棗，即便我們的技巧低劣也證明不了張棗的詩藝高明，但彼此有言與事的交集。

張媛媛：您前幾天在公眾號發表〈胖子〉那首詩時，裡面提到有一個沒有完成的攝影的項目：拍日常生活中的胖子。其實我感覺好像很多詩人都特別喜歡攝影，在您的詩與隨筆中，也讀到了許多關於攝影的內容。您對於攝影與詩歌之間的關係有怎樣的見解？您覺得攝影對您來說對寫詩有影響嗎？

鐘　鳴：沒有直接影響。詩和攝影，媒介不同，相似也只表現在感受方面。一首好詩和一張攝影佳作，帶給我們的感受、聯想，是同樣的。攝影更原始，就自然框架而言，所提供的隱喻關係或還更豐富。詩歌於閱讀，文化定義的程度很高，攝影相對要低，所以，需要介入的程度更高。或正因為如此，我喜歡上了攝影和詩的互補性。我的《塗鴉手記》就是攝影和詩意性隨筆合璧的嘗試。這對漢語思維的我們是一種訓練。攝影上，我原來制定了許多計畫，「胖子」是其中之一，可惜沒有完成。那首〈胖子〉，和攝影的初衷有別，或在隱喻定義上有接近的地方。還是要看研究的上下文如何敘述。

張媛媛：我記得您的有一首是叫〈胖僧〉，裡面寫到：胖子是福

氣，虛胖卻是罪過。

鐘　鳴：因為當時大家看我在寫「胖子」的《旁觀者》（一百五十萬言），有不少詩歌胖子便很警覺。我怕這引起狹隘的誤讀、附會，文人很擅長這個。其實讀一讀契訶夫的《瘦子和胖子》就知道了，我們需要的都是藝術的抽象和反諷幽默，意不在脂肪意義的「胖子」。所以我就不無幽默地講，你老千萬別誤會，我們說的胖子或虛胖，可以是世博會，也可以是貪天之功，但都不涉及天然的骨骼大，北方人骨骼普遍大。壁虎是不會埋怨恐龍的，因為壁虎不懂得進化論。你看我們現在的意識，多嚇人：「人類共同體」、「戰狼學者」，然後「英格利變成英縣」，「美姑變成美利堅」，這全是胖子行為。人好大言，卻不解決實際問題。想想看，畸形發展成何體統？豈止是胖子。很可怕的。

付　邦：好像在我們這一代，寫作者很少有人去關注這些，去思考寫點什麼。

鐘　鳴：這就是現實，大家部在逃避。

張媛媛：謝謝您。有些準備了還沒問的問題，您都已經給出解答了。

▌後記

　　此書正文部分完成於2020年的春天，那時的新冠疫情尚未偃旗息鼓，媒體終日大肆報導與疫情相關的種種社會問題，不斷引發人們在各種社交媒體上進行激烈的爭論。其中，層出不窮、聲勢浩大的「抗疫詩歌」引燃了一場關於寫作倫理的爭議，而討論的核心或許不是災難之後寫詩是否「野蠻」，而是在公共事件中詩人應當如何發聲——尤其是在如今這個追求績效、排斥異質且充滿分歧與紛爭的資訊時代。詩歌的自我書寫致力於追求真相，在記錄的過程中形成個人倫理，而在大資料時代，資料主義清除了倫理與真相的自我定位功能，致使「劣幣驅逐良幣」，虛假的抒情、熱點的附庸乃至譁眾取寵的遊戲之作占據主流，想要逃避現實束縛又不忍泯滅良知的詩人只得選擇沉默，這便是當代漢語詩歌倫理進退維谷的語境與困境。在公共事件或災難發生之後，詩人往往是反思「何為倫理」的先行者，詩人面對現實如何發聲、如何表達，決定詩歌倫理的未來。

　　無疑，詩人鐘鳴是最早注意到媒介對詩歌的影響、最早在詩歌與批評中涉及「倫理」乃至最早洞悉現代漢語新詩語境的詩人。他的詩文為我思考何為「詩歌倫理」提供了絕佳的角度。回想起來，選擇鐘鳴的詩歌作為我碩士論文的研究對象，絕非偶然事件。一切彷彿是水到渠成，甚至讓我覺得這是「命中註定」——這種難以言

喻的緣分或許就是日常生活的某種神祕性吧！第一次讀鐘鳴的詩，是在2014年9月的一次詩歌討論會上——那是我所在的朱貝骨詩社每週舉辦的例行詩會，由後來成為我同門的王辰龍師兄主持。當時的我是歷史系本科二年級的學生，讀詩的趣味和寫詩的偏好都更傾向於抒情、朦朧、音樂性強的風格——也就是說，比起詩歌帶來的思想風暴，我更享受於詩歌在語言和技巧上帶給我的快感。而鐘鳴的詩歌在我有限的閱讀經驗中獨樹一幟，他的詩歌風格及對歷史的獨特視角都深深吸引著我，以〈中國雜技：硬椅子〉為代表的詩作所呈現出的語言的繁複、表達的精準以及思想的深度，更讓我眼前一亮，但那時的我由於積累和經驗的不足，想說些什麼卻頻頻語塞。

俯仰之間，烏飛兔走，碩士三年的讀書與學習，讓我獲得了更多表達的自由，多多少少找到了自己的聲音，並最終能夠完成一篇這樣的文章，去探討自己感興趣的問題，談論自己喜愛的詩歌。每每想到這些，就覺得自己無比幸運。

這篇碩士論文的成文過程其實一波三折，前前後後經歷了三次幾乎重寫的修改，在不斷地推翻與重建中，我漸漸找到了更適合的呈現方式，如完成一首長詩般，仔細斟酌的詞語的重量與密度，調整節奏與分段，讓論文的雛形更接近理想的狀態，努力不辜負每一份鼓勵與期待。在這個過程中，我的導師敬文東教授給予了我許許多多建議與幫助，我必須要向他致以最真摯的感謝——感謝敬老師接納了我這個外專業的學生，在言傳身教中使我擁有了受益終身的閱讀方法和思考方式；感謝敬老師對我的鞭策鼓勵和嚴格要求，正是這次略顯波折的成稿過程，使我正視自己在研究與創作中的問題，更深刻地理解了何為寫作以及如何思考。

本書的附錄部分包含碩士期間撰寫的兩篇小論文和一份訪談稿。其中，〈歷史的倫理與詩的開端——簡論鐘鳴〉發表於《上海文化》並被人大複印報刊資料《中國現代、當代文學研究》轉載；〈迴響與共鳴：鐘鳴詩歌中的時間與空間——兼論新詩與「傳統」的關係〉是冷霜老師所開設的當代詩歌研究課程的期末論文，在這門課上準備的發言報告和課堂上同學們的討論，都對我後面的研究大有助益。在此謹向為我提供幫助的張定浩老師、張潔宇老師、冷霜老師以及李麗嵐、王婕妤、于麗萍等同學一一致謝。而附錄中的訪談稿，是我與青年詩人付邦在成都拜訪鐘鳴老師後整理而成。感謝鐘鳴老師及其夫人李紅老師。鐘鳴老師不厭其煩地解答我的種種疑惑，為我提供鮮活豐富的一手研究資料，並嚴謹細緻地對這份訪談稿進行過多次修訂。去年夏天，兩位老師在成都宅邸的盛情款待和那座帶著火鍋香氣的、濕潤而飽滿的城市一樣使我久久難忘。

　　跌跌撞撞的，在自閉和焦慮中「虛度」了大半年後，我終於又回到了熟悉的民大校園，開始了博士階段的學習生活。願我能儘快適應新的身份，儘快適應「後新冠時代」變化多端的形勢，重新找回那些丟失的、鏽蝕的、破碎的詞語。倫理何歸？詩歌何為？時代的拷問猶如一聲淒厲的鴿哨，在秋日冷冽的清晨，它是否還能喚醒那些沉睡的靈魂？

2020年5月26日，丹東花園村

2020年10月15日，北京東都匯

參考文獻

一、專著

[1] [美]愛德華‧W.薩義德：《開端：意圖與方法》，章樂天譯，生活‧讀書‧新知三聯書店，2014年。

[2] [加]埃里克‧麥克盧漢，[加]弗蘭克‧秦格龍編：《麥克盧漢精粹》，何道寬譯，南京：南京大學出版社，2000年。

[3] [美]艾略特：《詩的效用與批評的效用：關於英國詩與批評的研究》，杜國清譯，臺北：純文學出版社，1983年。

[4] [英]安德魯‧本尼特、尼古拉‧羅伊爾：《文學、批評與理論導論》，汪正龍、李永新譯，桂林：廣西師範大學出版社，2007年。

[5] [墨西哥]奧克塔維奧‧帕斯：《雙重火焰——愛與欲》，蔣顯璟、真漫亞譯，北京：東方出版社，1998年。

[6] [英]奧蘭多‧費吉斯：《耳語者：史達林時代蘇聯的私人生活》，毛俊傑譯，桂林：廣西師範大學出版社，2014年。

[7] 柏樺：《今天的激情——柏樺十年文選》，上海：上海人民出版社，2006年。

[8] 柏樺：《山水手記》，重慶：重慶大學出版社，2011年。

[9] [古希臘]柏拉圖：《理想國》，張竹明譯，南京：譯林出版社，2015年。

[10] 北島：《履歷‧詩選1972-1988》，北京：生活‧讀書‧新知三聯書店，2015年。

[11] 北島：《在天涯‧詩選1989-2008》，北京：生活‧讀書‧新知三聯書店，2015年。

[12] [義]貝內德托‧克羅齊：《作為思想和行動的歷史》，田時綱譯，北京：商務印書館，2012年。

[13] [德]班雅明：《發達資本主義時代的抒情詩人》，張旭東、魏文生譯，北京：生活‧讀書‧新知三聯書店，1989年。

[14] [德]班雅明：《巴黎，19世紀的首都》，劉北成譯，上海：上海人民出版社，2006年。

[15] 卞之琳：《卞之琳文集》，江弱水、青喬編，合肥：安徽教育出版社，2002年。

[16] [日]柄谷行人：《日本現代文學的起源》，趙京華譯，北京：中央編譯出版社，2017年。

[17] 蔡元培：《蔡元培全集》，高平叔編，北京：中華書局，1984年。

[18] 蔡元培：《中國倫理學史》，北京：商務印書館，2004年。

[19] 曹夢琰：《語言的軀體——四川五君詩歌論》，臺北：秀威資訊科技股份有限公司，2016年。

[20] [美]查理斯‧拉莫爾：《現代性的教訓》，劉擎、應奇譯，北京：東方出版社，2010年。

[21] 陳東東：《海神的一夜》，南京：江蘇鳳凰文藝出版社，2018年。

[22] 陳仲義：《詩的嘩變——第三代詩面面觀》，廈門：鷺江出版社，1994年。

[23] 寸鎮東：《語境與修辭》，貴陽：貴州人民出版社，1996年。

[24] [漢]戴聖：《禮記》，錢玄等注譯，長沙：嶽麓書社，2001年。

[25] [英]大衛·洛奇編：《二十世紀文學評論》（下冊），葛林等譯，上海：上海譯文出版社，1993年。

[26] [美]丹尼爾·沙勒夫：《隱私不保的年代》，林錚顗譯，南京：江蘇人民出版社，2011年。

[27] [俄]德拉戈莫申科：《同義反覆》，劉文飛譯，香港：牛津大學出版社，2011年。

[28] [法]蒂費納·薩莫瓦約：《互文性研究》，邵煒譯，天津：天津人民出版社，2002年。

[29] [英]蒂姆·阿姆斯壯：《現代主義：一部文化史》，孫生茂譯，南京：南京大學出版社，2014年。

[30] [美]哈樂德·布魯姆：《影響的焦慮：一種詩歌理論》，徐文博譯，南京：江蘇教育出版社，2006年。

[31] [法]菲力浦·拉庫－拉巴爾特、讓－呂克·南茜：《文學的絕對：德國浪漫派文學理論》，張小魯、李伯傑、李雙志譯，南京：譯林出版社，2012年。

[32] [美]菲力浦·派特森、李·威爾金斯：《媒介倫理學：問題與案例》，李青藜譯，北京：中國人民大學出版社，2018年。

[33] 費孝通：《鄉土中國》，北京：中華書局，2013年。

[34] [智利]貢薩洛·羅哈斯：《太陽是唯一的種子》，趙振江譯，北京：商務印書館，2017年。

[35] [宋]郭茂倩編撰：《樂府詩集》，聶世美、倉陽卿校點，上

海：上海古籍出版社，1998年。

[36] [美]哈樂德‧布魯姆：《影響的焦慮：一種詩歌理論》，徐文博譯，南京：江蘇教育出版社，2006年。

[37] [德]海德格爾：《林中路》，孫周興譯，上海：上海譯文出版社，2008年。

[38] [德]海涅：《海涅全集》，孫坤榮譯，石家莊：河北教育出版社，2003年。

[39] 胡適：《嘗試集》，上海：上海書局，1982年。

[40] [明]胡應麟：《詩藪》，北京：中華書局，1962年。

[41] 黃燦然編譯：《見證與愉悅——當代外國作家文選》，天津：百花文藝出版社，1999年。

[42] [德]J.G.赫爾德：《論語言的起源》，姚小平譯，北京：商務印書館，2016年。

[43] [法]加斯東‧巴什拉：《夢想的詩學》，劉自強譯，北京：生活‧讀書‧新知三聯書店，2017年。

[44] [美]傑佛瑞‧馬丁：《所有可能的世界：地理學思想史》，成一農、王雪梅譯，上海：上海人民出版社，2008年。

[45] 敬文東：《指引與注視》，北京：中國文史出版社，2001年。

[46] 敬文東：《抒情的盆地》，長沙：湖南文藝出版社，2006年。

[47] 敬文東：《被委以重任的方言》，北京：中國人民大學出版社，2010年。

[48] 敬文東：《隨「貝格爾號」出遊》，開封：河南大學出版社，2010年。

[49] 敬文東：《中國當代詩歌的精神分析》，北京：中國社會出版社，2010年。

[50] 敬文東：《守夜人囈語》，北京：新星出版社，2013年。

[51] 敬文東：《藝術與垃圾》，北京：作家出版社，2016年。

[52] 敬文東：《感歎詩學》，北京：作家出版社，2017年。

[53] 敬文東：《小說與神祕性》，北京：作家出版社，2019年。

[54] 梁啟超：《梁啟超全集》，北京：北京出版社，1999年。

[55] 梁啟超：《少年中國說》，北京：中國言實出版社，2014年。

[56] [義]卡爾維諾：《未來千年文學備忘錄》，楊德友譯，瀋陽：
遼寧教育出版社，1997年。

[57] [荷蘭]柯雷：《精神與金錢時代的中國詩歌——從1980年代到
21世紀初》，張曉紅譯，北京：北京大學出版社，2017年。

[58] [唐]李白：《李白集校注》，瞿蛻園、朱金城校注，上海：上
海古籍出版社，1980年。

[59] 李劼人：《死水微瀾》，成都：四川人民出版社，2017年。

[60] 李永才、陶春、易杉主編：《四川詩歌地理》，成都：四川文
藝出版社，2017年。

[61] 李振聲：《季節輪換：「第三代」詩敘論》，上海：復旦大學
出版社，2008年。

[62] [漢]劉熙：《釋名》，北京：中華書局，2016年。

[63] 劉小楓：《沉重的肉身——現代性倫理的敘事緯語》，上海：
上海人民出版社，1999年。

[64] [南朝梁]劉勰：《文心雕龍》，上海：上海古籍出版社，
2015年。

[65] 魯迅：《野草》，南京：江蘇鳳凰文藝出版社，2017年。

[66] [加]羅伯特・K.洛根（Robert K.Logan）：《被誤讀的麥克盧
漢——如何矯正》，何道寬譯，上海：復旦大學出版社，

2018年。

[67] [法]羅蘭‧巴特：《戀人絮語》，汪耀進、武佩榮譯，上海：上海人民出版社，2016年。

[68] [法]羅蘭‧巴特：《神話修辭術》，屠友祥譯，上海：上海人民出版社，2016年。

[69] [奧]馬赫：《感覺的分析》，洪謙、唐鉞、梁志學譯，北京：商務印書館，2017年。

[70] [加拿大]馬歇爾‧麥克盧漢：《理解媒介：論人的延伸》，何道寬譯，南京：譯林出版社，2011年。

[71] [俄]曼傑什坦姆：《黃金在天空舞蹈》，汪劍釗譯，北京：人民文學出版社，2016年。

[72] [戰國]孟子：《孟子》，楊伯峻、楊逢彬譯注，長沙：嶽麓書社，2019年。

[73] [俄]米哈伊爾‧巴赫金：《杜思妥也夫斯基詩學問題》，劉虎譯，北京：中央編譯出版社，2010年。

[74] [法]蜜雪兒‧傅柯：《傅柯集》，杜小真編，上海：上海遠東出版社，2003年。

[75] [法]蜜雪兒‧傅柯：《知識考古學》，謝強、馬月譯，北京：生活‧讀書‧新知三聯書店，2003年。

[76] [法]莫里斯‧哈布瓦赫：《論集體記憶》，畢然、郭金華譯，上海：上海人民出版社，2002年。

[77] [俄]娜傑日達‧曼德爾施塔姆：《曼德施塔姆夫人回憶錄》，劉文飛譯，桂林：廣西師範大學出版社，2013年。

[78] [加]諾思洛普‧弗萊：《批評之路》，王逢振、秦明利譯，北京：北京大學出版社，1998年。

[79] 歐陽江河：《黃山谷的豹》，瀋陽：遼寧人民出版社，2013年。

[80] 歐陽江河：《如此博學的飢餓——歐陽江河集1983-2012》，北京：作家出版社，2013年。

[81] 歐陽江河：《站在虛構這邊》，成都：四川文藝出版社，2018年。

[82] [義]派特里齊亞‧隆巴多：《羅蘭‧巴特的三個悖論》，田建國、劉潔譯，上海：華東師範大學出版社，2017年。

[83] 潘光旦：《潘光旦文集》，潘乃穆、潘乃和編，北京：北京大學出版社，2000年。

[84] [清]蒲松齡：《聊齋志異》，武漢：長江文藝出版社，2018年。

[85] [英]齊格蒙‧鮑曼：《生活在碎片之中——論後現代道德》，郁建興、周俊、周瑩譯，何百華譯校，上海：學林出版社，2002年。

[86] [斯洛文尼亞]齊澤克：《暴力：六個側面的反思》，唐健、張嘉榮譯，北京：中國法制出版社，2012年。

[87] 喬山：《文藝倫理學初探》，北京：高等教育出版社，1997年。

[88] [英]喬治‧摩爾：《倫理學原理》，長河譯，上海：上海人民出版社，2005年。

[89] 任中敏：《優語集》，南京：鳳凰出版社，2013年。

[90] [清]沈德潛：《原詩‧一瓢詩話‧說詩晬語》，郭紹虞主編，人民文學出版社，1979年。

[91] [英]莎士比亞：《特洛埃圍城記》，朱生豪譯，北京：中國青年出版社，2014年。

[92] 《詩刊》社編：《詩的證詞》，北京：中國青年出版社，2016年。

[93] 宋琳、柏樺編：《親愛的張棗》，北京：中信出版社，2015年。

[94] [美]蘇珊・桑塔格：《論攝影》，黃燦然譯，上海：上海譯文出版社，2014年。

[95] [瑞典]湯瑪斯・特朗斯特羅姆：《特朗斯特羅姆詩全集》，李笠譯，海口：南海出版社，2001年。

[96] [俄]杜思妥也夫斯基：《卡拉馬佐夫兄弟》，耿濟之譯，北京：人民文學出版社，1981年。

[97] 萬夏、瀟瀟主編：《後朦朧詩全集》，成都：四川教育出版社，1993年。

[98] 萬夏主編：《與神語：第三代人批評與自我批評》，北京：中華工商聯合出版社，2014年。

[99] 王家新：《王家新的詩》，北京：人民文學出版社，2001年。

[100] [清]王曇：《仲瞿詩錄》，北京：中華書局，1985年。

[101] 王學東：《「第三代詩」論稿》，成都：巴蜀書社，2010年。

[102] [蘇]維克托・涅克拉索夫：《旁觀者隨筆》，谷啟珍、盧康華譯，上海：上海譯文出版社，1981年。

[103] [奧地利]維特根斯坦：《文化與價值》，馮・賴特、海基・尼曼編，許志強譯，杭州：浙江文藝出版社，2002年。

[104] [德]沃爾夫岡・韋爾施：《重構美學》，陸揚、張岩冰譯，上海：上海世紀出版集團，2006年。

[105] 吳亮：《朝霞》，北京：人民文學出版社，2016年。

[106] 吳興華：《森林的沉默：詩集》，桂林：廣西師範大學出版社，2017年。

[107] 西渡：《靈魂的未來》，開封：河南大學出版社，2009年。

[108] [明]謝榛：《四溟詩話》，北京：中華書局，1985年。

[109] [東漢]許慎，[清]段玉裁：《說文解字注》，成都：成都古籍書店，1981年。

[110] [明]薛瑄：《薛瑄全集》，孫玄常等點校，太原：三晉出版社，2013年。

[111] [戰國]荀子：《荀子》，駱賓譯注，北京：中國文聯出版社，2016年。

[112] [古希臘]亞里斯多德：《尼各馬可倫理學》，廖申白譯注，北京：商務印書館，2003年。

[113] [宋]嚴羽：《滄浪詩話》，北京：中華書局，1985年。

[114] 楊政：《楊政詩選：蒼蠅》，北京：海豚出版社，2016年。

[115] [美]葉文心：《上海繁華：都會經濟倫理與近代中國》，王琴、劉潤堂譯，臺北：時報出版公司，2010年。

[116] 一行：《詞的倫理》，上海：上海書店出版社，2007年。

[117] [德]尤爾根·哈貝馬斯：《對話倫理學與真理的問題》，沈清楷譯，北京：中國人民大學出版社，2005年。

[118] [美]宇文所安：《追憶：中國古典文學中的往事再現》，鄭學勤譯，北京：生活·讀書·新知三聯書店，2014年。

[119] 余暘：《九十年代詩歌的內在分歧——以功能建構為視角》，北京：人民出版社，2016年。

[120] 余英時：《中國思想傳統的現代詮釋》，南京：江蘇人民出版社，1989年。

[121] [美]約瑟夫·布羅斯基：《從彼得堡到斯德哥爾摩》，王希蘇、常暉譯，桂林：灕江出版社，1990年。

[122] 臧棣：《沸騰協會》，桂林：廣西師範大學出版社，2019年。

[123] 張濤編：《第三代詩歌研究資料》，南昌：百花洲文藝出版

社，2017年。

[124] [清]張維屏：《張維屏詩文選》，上海：華東師範大學出版社，1992年。

[125] 張一兵主編：《社會批判理論紀事》第3輯，南京：江蘇人民出版社，2009年。

[126] 張棗：《張棗的詩》，北京：人民文學出版社，2010年。

[127] 趙汀陽：《論可能生活》，北京：中國人民大學出版社，2010年。

[128] 趙望秦等編：《史記與詠史詩》，西安：三秦出版社，2012年。

[129] 趙毅衡：《重訪新批評》，天津：百花文藝出版社，2009年。

[130] 鐘鳴：《城堡的寓言》，廣州：花城出版社，1991年。

[131] 鐘鳴：《畜界，人界》，北京：東方出版社，1995年。

[132] 鐘鳴：《徒步者隨錄》，上海：東方出版中心，1997年。

[133] 鐘鳴：《旁觀者》，海口：海南出版社，1998年。

[134] 鐘鳴：《太少的人生經歷和太多的幻想》，北京：解放軍文藝出版社，1999年。

[135] 鐘鳴：《秋天的戲劇》，上海：學林出版社，2002年。

[136] 鐘鳴：《中國雜技：硬椅子》，北京：作家出版社，2003年。

[137] 鐘鳴：《窄門》，廈門：鷺江出版社，2006年。

[138] 鐘鳴：《塗鴉手記》，上海：上海人民出版社，2009年。

[139] 鐘鳴：《畜界，人界》，上海：上海人民出版社，2010年。

[140] 鐘鳴：《垓下誦史：鐘鳴詩選》，臺北：秀威資訊科技股份有限公司，2015年。

[141] [南朝梁]鍾嶸：《詩品譯注》，周振甫譯注，北京：中華書

局，1998年。

[142]　周振甫譯注：《詩經譯注》，北京：中華書局，2019年。

[143]　周作人：《雨天的書》，北京：華夏出版社，2010年。

[144]　[法]朱麗亞‧克利斯蒂娃：《主體‧互文‧精神分析——克
　　　　利斯蒂娃復旦大學演講集》，祝克懿、黃蓓編譯，北京：生
　　　　活‧讀書‧新知三聯書店，2016年。

二、期刊

[1]　曹夢琰：〈恍惚與界限之間的身體——鐘鳴論〉，桂林：《廣
　　　西師範學院學報（哲學社會科學版）》2016年第3期。

[2]　曹夢琰：〈身體之辨——四川五君論〉，成都：《當代文壇》
　　　2017年第3期。

[3]　過常寶、侯文華：〈論《莊子》「卮言」即「優語」〉，北
　　　京：《北京師範大學學報（社會科學版）》2007年第4期。

[4]　程一身：〈王家新：從「承擔的詩學」到「辨認的詩學」〉，
　　　重慶：《紅岩》2014年第3期

[5]　[美]漢克‧雷澤爾（Hank Lazer）：〈創新詩歌的倫理批評與
　　　挑戰〉（Ethical Criticism and the Challenges Posed by Innovative
　　　Poetry），武漢：《外國文學研究》2016年第2期。

[6]　黃人二：〈釋《莊子‧外物》「曾不如早索我於枯魚之
　　　肆」——兼談〈魚鼎匕〉之性質〉，上海：《中國文字研究》
　　　2011年第2期。

[7]　敬文東：〈從本體論的角度看小說〉，鄭州：《鄭州大學學
　　　報》2003年第2期。

[8] 敬文東：〈詩歌寫作在1990年代的倫理任務〉，長春：《文藝爭鳴》2013年第12期。

[9] 敬文東：〈作為詩學問題與主題的表達之難——以楊政詩作〈蒼蠅〉為中心〉，瀋陽：《當代作家評論》2016年第5期。

[10] 敬文東：〈我們和我的變奏〉，長春：《文藝爭鳴》2016年第8期。

[11] 敬文東：〈可感性敘事與日常生活的神祕性——論吳亮的《朝霞》〉，瀋陽：《當代作家評論》2017年第4期。

[12] 敬文東：〈詞語：百年新詩的基本問題——以歐陽江河為中心〉，北京：《中國現代文學研究叢刊》2017年第10期。

[13] 敬文東：〈從唯一之詞到任意一詞（上篇）——歐陽江河與新詩的詞語問題〉，常熟：《東吳學術》2018年第3期。

[14] 敬文東：〈從唯一之詞到任意一詞（下篇）——歐陽江河與新詩的詞語問題〉，常熟：《東吳學術》2018年第4期。

[15] 敬文東：〈味與詩——兼論張棗〉，南寧：《南方文壇》2018年第5期。

[16] 敬文東：〈漢語與邏各斯〉，長春：《文藝爭鳴》2019年第3期。

[17] 李振聲：〈既成言路的中斷——「第三代」詩的語言策略，兼論鐘鳴〉，長春：《文藝爭鳴》1996年第1期。

[18] 柳冬嫵：〈在生存中寫作：「打工詩歌」的精神際遇〉，長春：《文藝爭鳴》2005年第6期。

[19] 劉建軍：〈當代語境下倫理批評內涵的重新闡釋〉，長春：《文藝爭鳴》2005年第6期。

[20] 劉金冬：〈詩歌的倫理責任與時代承擔問題〉，南陽：《南都

學刊（人文社會科學學報）》2007年第1期。

[21] 劉永：〈當代詩歌寫作的倫理困境與超越〉，大連：《遼寧師範大學學報（社會科學版）》2012年第5期

[22] 錢文亮：〈倫理與詩歌倫理〉，北京：《新詩評論》2005年第2期。

[23] 王家新：〈闡釋之外——當代詩學的一種話語分析〉，北京：《文學評論》1997年第2期。

[24] 王家新：〈當代詩歌：在「自由」與「關懷」之間〉，北京：《文藝研究》2007年第9期。

[25] 魏天無：〈我們時代詩歌的倫理狀況——評毛子的〈我愛……〉〉，武漢：《文學教育》2016年第3期。

[26] 魏天無：〈魯西西：信仰的輝映與世俗詩意的超越——新世紀詩歌倫理狀況考察之三〉，成都：《當代文壇》2016年第5期。

[27] 魏天無：〈張二棍：在生活的深淵中寫作——新世紀詩歌倫理狀況考察之六〉，南京：《揚子江評論》2017年第6期。

[28] 魏天無：〈新世紀詩歌中的鄉村倫理與詩學倫理——以劍男的詩歌寫作為例〉，瀋陽：《當代作家評論》2018年第4期。

[29] 荀波森：〈契訶夫文學創作中的「外省」〉，北京：《中國俄語教學》2017年第2期。

[30] 葉吉娜：〈鐘鳴作為南方詩人的反叛、實驗與發明——基於經驗、語言與形式三者互動的角度〉，綿陽：《綿陽師範學院學報》2017年第3期。

[31] 張定浩：〈那些來自寒冷的人——吳亮《朝霞》讀記〉，南寧：《南方文壇》2017年第1期。

[32] 張立群：〈「鏡像」與「真實」——世紀初「詩歌道德倫理」

現象的反思〉，寧波：《寧波廣播電視大學學報》2008年第2期。

[33] 張清華：〈「底層生存寫作」與我們時代的詩歌倫理〉，長春：《文藝爭鳴》2005年第3期。

[34] 張清華：〈持續狂歡・倫理震盪・中產趣味——對新世紀詩歌狀況的一個簡略考察〉，長春：《文藝爭鳴》2007年第6期。

[35] 張清華：〈經驗轉移・詩歌地理・底層問題——觀察當前詩歌的三個角度〉，長春：《文藝爭鳴》2008年第6期。

[36] 張清華：〈當代詩歌中的地方美學與地域意識形態——從文化地理視角的觀察〉，長春：《文藝研究》2010年第10期。

[37] 張桃洲：〈詩歌與倫理：批判性觀察〉，南陽：《南都學刊（人文社會科學學報）》2007年第1期。

[38] 鐘鳴：〈籠子裡的鳥兒和外面的俄耳甫斯〉，瀋陽：《當代作家評論》1999年第3期。

[39] 鐘鳴、曹夢琰等：〈「旁觀者」之後——鐘鳴訪談錄〉，合肥：《詩歌月刊》2011年第2期。

[40] 鐘鳴：〈咖啡勺裡的貓——讀杜綠綠的〈垛橘〉及其他〉，海口：《椰城》2017年第Z1期。

三、學位論文

[1] 曹夢琰：《歌喉：論詩歌中的身體、聲音、速度：以「四川五君」為切入點》，博士學位論文，北京：中央民族大學，2015年。

[2] 楊玉榮：《中國近代倫理學核心術語的生成研究——以梁啟

超、王國維、劉師培和蔡元培為中心》，博士學位論文，武漢：武漢大學，2011年。

語言文學類　PG2567　文學視界127

耳語與旁觀
——鐘鳴的詩歌倫理

作　　者／張媛媛
責任編輯／石書豪
圖文排版／蔡忠翰
封面設計／劉肇昇

發 行 人／宋政坤
法律顧問／毛國樑　律師
出版發行／秀威資訊科技股份有限公司
　　　　　114台北市內湖區瑞光路76巷65號1樓
　　　　　電話：+886-2-2796-3638　傳真：+886-2-2796-1377
　　　　　http://www.showwe.com.tw
劃撥帳號／19563868　戶名：秀威資訊科技股份有限公司
　　　　　讀者服務信箱：service@showwe.com.tw
展售門市／國家書店（松江門市）
　　　　　104台北市中山區松江路209號1樓
　　　　　電話：+886-2-2518-0207　傳真：+886-2-2518-0778
網路訂購／秀威網路書店：https://store.showwe.tw
　　　　　國家網路書店：https://www.govbooks.com.tw

2021年5月　BOD一版
定價：270元
版權所有　翻印必究
本書如有缺頁、破損或裝訂錯誤，請寄回更換

國家圖書館出版品預行編目

耳語與旁觀：鐘鳴的詩歌倫理 / 張媛媛著. --
　　一版. -- 臺北市：秀威資訊科技股份有限公司,
　2021.05
　　　面；　公分. -- (語言文學類；PG2567) (文學
　視界；127)
　　BOD版
　　ISBN 978-986-326-904-5(平裝)

　1.鐘鳴 2.新詩 3.詩評

820.9108　　　　　　　　　　110005602

讀 者 回 函 卡

感謝您購買本書，為提升服務品質，請填妥以下資料，將讀者回函卡直接寄回或傳真本公司，收到您的寶貴意見後，我們會收藏記錄及檢討，謝謝！如您需要了解本公司最新出版書目、購書優惠或企劃活動，歡迎您上網查詢或下載相關資料：http:// www.showwe.com.tw

您購買的書名：_____

出生日期：_____年_____月_____日

學歷：□高中 (含) 以下　　□大專　　□研究所 (含) 以上

職業：□製造業　□金融業　□資訊業　□軍警　□傳播業　□自由業
　　　□服務業　□公務員　□教職　　□學生　□家管　　□其它____

購書地點：□網路書店　□實體書店　□書展　□郵購　□贈閱　□其他

您從何得知本書的消息？

　□網路書店　□實體書店　□網路搜尋　□電子報　□書訊　□雜誌
　□傳播媒體　□親友推薦　□網站推薦　□部落格　□其他_____

您對本書的評價：(請填代號　1.非常滿意　2.滿意　3.尚可　4.再改進)

　封面設計____　版面編排____　內容____　文／譯筆____　價格____

讀完書後您覺得：

　□很有收穫　□有收穫　□收穫不多　□沒收穫

對我們的建議：_____

_____

_____

_____

11466
台北市內湖區瑞光路 76 巷 65 號 1 樓

秀威資訊科技股份有限公司　　　收

BOD 數位出版事業部

....

（請沿線對折寄回，謝謝！）

姓　　名：_____　年齡：_____　性別：□女　□男

郵遞區號：□□□□□

地　　址：_____

聯絡電話：(日) _____　(夜) _____

E - m a i l：_____

身體詩學：
現代性，自我模塑
與中國現代詩歌
1919-1949

米家路 著　趙凡 譯 / 定價420元

深入分析郭沫若、李金髮、戴望舒三名標竿性中國
現代詩人，如何在詩中建立現代性的民族身分。

作者透過研究20世紀上半葉三名中國詩人郭沫若、
李金髮、戴望舒的作品，分析詩作中關於現代自我
的呈現，多以身體的部位做為表達的方式。本書為
中英文學界，第一部研究現代詩歌中身體如何塑造
現代自我的學術專著，開現代性與自我塑造關係研
究之先氣。

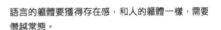

語言的軀體——
四川五君詩歌論

曹夢琰 著 / 定價280元

語言的軀體要獲得存在感，和人的軀體一樣，需要
僭越常態。

本書以「四川五君」柏樺、歐陽江河、翟永明、張
棗、鐘鳴的詩歌作為切入點，探討寫作中身體的在
場、偏移、僵化、缺席、迷失，以及詩人們在展示
出富有魅力的語言時，如何流露出語言的恍惚、矯
飾，甚至虛假，即語言和身體的錯位。

垓下誦史——
鐘鳴詩選

鐘鳴 著 / 定價420元

「我要亮出標準化的斜肩，那是我沿著傾斜的北方
鐵路／走得太多的緣故——我要用／它來丈量我的
態度和自由。」——〈我只能這樣〉

本書收錄中國當代詩人鐘鳴（1953-）精華詩作99
篇，其中包含作者緬懷已故知名詩人張棗的詩作
〈畫片上的怪鳥〉。是本認識鐘鳴詩作的重要詩選。

ISBN 978-986-326-904-5

9 789863 269045   00270

建議分類　文學小說 / 華文現代詩

若記憶沒出什麼故障。
我從不相信，一個人，一首詩，能改變時代，但我相信，
貫穿所有詩篇的那種思想、風格、精神來源，
正脫胎換骨，預示新的時代。

———————— 鐘鳴

詩歌倫理既不是一種標榜著與現實倫理二元對立「純詩」理論，也不是對客觀倫理命題的詩意複述，而是一種通過詩歌自身而投射出來的意識存在，涵蓋對歷史的反思、對現實的凝望以及對美學的追求。詩歌的文本不斷地面臨時代所給予的各種考驗，在詞語的交疊與詩藝的轉換中，完整呈現出詩人所探尋的藝術與人文經驗。

在鐘鳴的筆下，詩歌倫理森羅萬象，通過「互文寫作」，實現現實和知識的交互貫通，呈現詩歌文本間的隱祕路徑。這既是一種價值判斷，也是一種歷史擔當；既是一種表達欲望，也是一種沉默權利；既注重「詩之思」，積澱知識的厚重，也不失「詩之美」，兼顧技藝的輕盈；既回望過去，延續古典文學的舊傳統，也面向未來，另闢漢語詩歌的新路線。